AVERTISSEMENT
DES ÉDITEURS.

*N*ous *supplions très-inſtamment les Lecteurs de ne pas regarder ce petit Ouvrage, comme une production fri- vole, comme un fruit de la vengeance du moment. C'eſt une juſtification très-férieuſe, très-néceſſaire, &, nous oſons le dire, très-ſolide.*

M. Linguet, *accuſé devant les Tribunaux de* s'être fait un principe de n'en reconnoître aucun, *d'avoir attaqué* dans ſes écrits le Droit na- turel, celui des Gouvernemens, le Droit civil, le Droit Eccléſiaſti- que, LA LOI FONDAMENTALE *du Royaume*, & ſes Gardiens, &c. & *violé* dans les défenſes des parties, les REGLES DE L'HONNÊTETÉ*, *va ſe juſtifier devant les Tribunaux*; il a formé oppoſition *à l'Arrêt du 4*

---

* Diſcours de Mᵉ *Lambon*, du 4 Février, im- primé en tête de l'Arrêt de ce jour.

A 2　　　　*Février*

Février dernier. Il difcutera dans l'inftruction à qui on peut le plus repro-
cher la violence, les injures, de lui,
ou de fes Adverfaires, qui l'attaquent
d'une maniere fi douce.

Dans le même tems il eft dénoncé
au Public : *Un Anonyme connu de
tout le monde, & que nous ne défigne-
rons ici que par ces Lettres* l'A. M.
s'eft chargé de faire le *Commentaire
du Difcours honnête & modéré* du Bâtonnier des Avocats, *fous le titre de
Théorie du Paradoxe* : Ces deux
Productions de la franchife, de la
délicateffe, ont paru le même jour, à
la même minute, le 4 Février, à onze
heures du matin ; & tandis que le Chef
d'une Compagnie juftement renom-
mée pour fa décence, fon attachement
aux regles, débitoit le texte aux pieds
du premier Tribunal du Royaume,
la glofe fe vendoit au Palais, fe col-
portoit dans les maifons, fe crioit
dans les rues: ce concert eft admirable.

On fuppofera fans peine qu'il n'a
eu lieu que d'après bien des intrigues
anté-

THÉORIE

DU LIBELLE,

OU

L'ART DE CALOMNIER AVEC FRUIT,

DIALOGUE PHILOSOPHIQUE,

POUR SERVIR DE SUPPLÉMENT

A

LA THÉORIE DU PARADOXE.

Eh quoi! M... d'un Prêtre eſt-ce là le langage?

A AMSTERDAM,

1775.

antérieures , bien des arrangemens pré-
liminaires. On en trouvera la clef dans
ce Dialogue. L'Auteur a eu soin d'y
ménager tout ce qui est respectable :
Nous ne craindrons pas de le dire ; la
vertu doit y applaudir , & nous nous
flattons que les préjugés les plus en-
racinés céderont pour cette fois à la
force de l'évidence.

Nous supplions les Lecteurs de ne
lire les Notes qu'après avoir lu l'Ouvrage entier. Elles sont essentielles ;
mais elles perdroient peut-être de leur
énergie, ou elles en feroient perdre au
texte, si on l'interrompoit, sur-tout
à une premiere lecture, pour les con-
sulter.

Si M. Linguet n'avoit voulu que
se venger , il lui auroit été facile de
faire une autre Théorie du Paradoxe,
ou plutôt de conserver cet Ouvrage tel
qu'il est , en substituant seulement ,
aux exemples tirés des siens, d'autres
exemples bien plus vrais , bien plus
justement censurables, pris dans ceux
de ses Adversaires : il n'auroit fallu ni

art,

art, ni décompofition, ni manœuvres
pour les rendre ridicules & odieux.

Cette reffource lui a paru indigne
de lui. Il leur laiffe la gloire d'avoir,
non pas inventé, mais copié péfam-
ment un badinage, dont POPE leur a
fourni le modele. Ouvrez le tome 5
de la traduction françoife des Œuvres
de ce Poëte : parcourez - y l'Art de
ramper en Poéfie : vous y trouverez
le fonds ; l'ordre, la marche de M.
l'A. M. dans la Théorie du Paradoxe. Ainfi même dans le genre aifé
de la malignité, il n'a pas feulement
le mérite d'être original.

Il eft vrai qu'il a prodigieufement
enrichi ce fonds étranger. Pope n'a
fait qu'une plaifanterie un peu longue : il n'a compromis que de mauvais vers, & la forme des écrits qu'il
ridiculifoit. C'eft le cœur de M. Linguet que M. l'A. M. s'eft fur - tout
propofé de rendre fufpect : C'eft fa
perfonne qu'il a voulu rendre odieufe :
ce font fes principes pour lefquels il
s'eft propofé d'infpirer de l'horreur.

Si

*Si l'on rapproche ce projet humain,
doux, philosophique, des circonstances
dans lesquelles il a éclaté, on ne
pourra refuser à M. l'A. M. un juste
tribut de louanges & d'admiration.*

Cet illustre Proxenete de la science, ce Champion invincible du produit net, ce respectable Archiman-
drite de l'Ordre des Freres de la Doctrine Économique, s'est élevé au-
dessus de tous les éloges, en forçant
son cœur à outrager un homme ren-
versé; & son pied de derriere à se le-
ver pour lui donner le dernier coup.

*Si l'on demande quel est l'Ordre
dont il s'agit ici, nous dirons, pour
épargner des tourmens aux Commen-
tateurs des siécles à venir, que c'est un
Ordre nouveau, fondé aux environs de
1760, sous le nom de* Freres Économistes, *par le* Pere Quef... *qui a eu pour
fils aîné spirituel, le* Frere Mirab..., *qui
a engendré en esprit le* Frere Beaud...,
*qui a engendré l'*A. M..., *qui a engendré la* Théorie du Paradoxe, &c.

Le nom d'Économistes *leur a été*

A 4   *donné*

donné vers l'an 1770 ; ils ont pris la place des Encyclopédistes , qui avoient succédé aux ......, qui avoient débusqué les ......, qui étoient venus après les Calvinistes , & ainsi de suite en remontant de proche en proche. C'est une remarque importante que dans tous les siécles , il y a toujours eu pour l'aliment de la curiosité publique, & l'entretien de la fermentation sociale , un Parti, une Secte , une Doctrine controversée , qui ont fourni matiere aux conversations , & sans lesquelles la vie auroit été fort ennuyeuse.

Cet Ordre , dès 1775 , avoit déjà produit beaucoup de grands Hommes, tels que Frere Dup..., Frere Beaud..., Frere Roub..., Frere Mor..., &c. tous puissans en œuvres & en paroles. Aussi ont-ils rempli l'Univers du bruit de leurs noms , & de leurs Brochures ou Libelles , ce qui est synonyme dans leur langage.

Il ne faut pas croire que ce soit une chose indifférente qu'un Libelle , ni que

que parce que le nombre s'en multiplie journellement, l'art en foit plus
approfondi ; l'utilité de cette efpéce
d'Ouvrages eft reconnue : les vrais
politiques en ont toujours fait une
de leurs plus cheres reffources. Un
libelle lâché à propos, peut opérer
une révolution, changer, maîtriser les
efprits, & perdre un homme fans retour, ce qui a de très-grands avantages. Nous fommes bien furpris que le
fameux Naudé n'en ait rien dit dans
fon livre fur les coups d'État.

On trouvera ici le fecret de la com-
pofition de cette efpéce d'Ouvrages :
ce n'eft pas tout-à-fait celui du grand-
œuvre, mais enfin il en approche.
Il y a des ames pour qui l'art de nuire
équivaut à celui d'être heureux.

A 5   PAN-

PANTOMIME DE CE DIALOGUE.

LA Scène se passe dans un Appartement, au second étage, Fauxbourg Saint - Germain ; il est voluptueusement orné. On apperçoit dans le fond des Tablettes chargées de cartons, sur chacun desquels il y a des étiquettes relatives AU COMMERCE & AUX ARTS.

Sur le devant est un long Bureau où sont étalés tous les Ouvrages de M. Linguet, LA THÉORIE DES LOIX; LES LETTRES SUR LA THÉORIE ; LA RÉPONSE AUX DOCTEURS MODERNES; LE SIECLE D'ALEXANDRE ; LES CANAUX NAVIGABLES ; L'HISTOIRE IMPARTIALE DES JESUITES ; celle DES RÉVOLUTIONS DE L'EMPIRE ROMAIN; celle DU SEIZIEME SIECLE, diverses Brochures, dix volumes de MÉMOIRES & PLAIDOYERS, le JOURNAL DE POLITIQUE, &c.

M. P. a l'air pensif & inquiet. L'A. M*** entre d'un air gai. C'est ici que commence la Scène.

THÉORIE

THÉORIE DU LIBELLE,

DIALOGUE

ENTRE M. L'ABBÉ M... ET M. P...

L'A. M.

Nous le tenons, Monſieur, nous le tenons. *Dr....* a préſenté ſa Requête. Ses Confreres triomphent : tout eſt ſoulevé contre lui : encore une Brochure, il eſt... perdu. Mais qu'eſt-ce ? Seriez-vous malade ?

M. P.

Non ; mais je ſuis fatigué.

L'A. M.

Vous avez donc bien travaillé ? çà où ſont les extraits ?

M. P.

Je n'en ai point fait.

L'A. M.

Quoi ! vous avez dormi cette nuit, une nuit ſi précieuſe ; une nuit qui devoit nous fournir le fonds d'un ouvrage.....

A 6   M.

M. P.

Je n'ai pas fermé l'œil.

L'A. M.

Et à quoi diable l'avez-vous donc
paſſée?

M. P. *montrant tous les Ouvra-*
ges épars ſur le Bureau.

A lire.

L'A. M. *d'un air riant & ironique.*

Vous êtes donc bien indigné ?
Vous devez avoir le cœur bien af-
fadi de tous ces fatras.

M. P.

Moi ! point du tout.

L'A. M.

Comment !

M. P.

Je ſuis révolté, mais contre ſes
perſécuteurs.

L'A. M.

Plaît-il !

M. P.

Oui, Monſieur, les obligations
que je vous ai, ne peuvent étouffer
la réclamation de mon cœur.

L'A.

L'A. M.

Monſieur.....

M. P.

Si vous voulez qu'on ſoit ennemi de cet Homme-là, qu'on vous
aide à le décrier, il faut empêcher
qu'on le liſe.

L'A. M.

Monſieur.....

M. P.

Il y a vingt endroits de ſes Ouvrages qui m'ont tiré des larmes,
en ſongeant à ce qu'il ſouffre, à ce
dont on l'accuſe, & à l'iniquité dont
il eſt évidemment la victime.

L'A. M.

Monſieur, Monſieur....

M. P.

Pardonnez, Monſieur : mais l'enthouſiaſme où cette lecture m'a jetté,
eſt trop fort pour ſe diſſiper tout
d'un coup. Vous m'aviez confié ſes
Œuvres pour en tirer de quoi le
déshonorer. Je n'y ai vu que des
motifs pour l'aimer, & le plaindre.
S'il a fait des fautes, quel Ecrivain
n'en

n'en commet pas ? S'il a été féduit par des erreurs, par combien de chofes vraies & neuves, il les a rachetées ! Dans ce *Supplément*, dont on lui fait un crime, il offre de *fe rétracter fur fes méprifes, dès qu'on l'aura convaincu qu'il s'eft trompé**. Je n'ai vu par-tout qu'un efprit vif, une ame fenfible, & un cœur honnête. C'eft un témoignage que le mien lui rend malgré moi.

Je fçais que je vous bleffe, que peut-être vous allez travailler à m'en punir. Je n'en fuis pas le maître : un tranfport impérieux me fubjugue. Faites de moi ce qu'il vous plaira : mais voilà ma difpofition actuelle. J'étois venu comme *Balaam*, pour maudire, & je ne puis que bénir.

L'A. M. *le regardant avec mépris.*
Ce difcours là du moins eft digne de fa monture. Ceci devient férieux :

* Supplément aux Réflexions pour M. *Linguet*, Avocat de la *Comteffe de Béthune*, page 21 de l'in-4°.

dans

dans l'émotion où vous êtes, vous fentez-vous capable d'entendre la raifon ?

M. P.

Oui, ce que je dis le prouve.

L'A. M. *Il va fermer la porte,*
visite tout l'appartement,
& revient.

Nous fommes feuls. Ecoutez-moi, mon cher Monfieur, & d'abord affeyons-nous. (*Ils s'affoient.*) La *Philofophie*, fi l'on s'en rapporte à l'étymologie de ce mot, veut dire *amour de la fageffe.* C'eft une fotife. La *fageffe* eft un être idéal, un phantôme métaphyfique qui n'a de prife ni fur le cœur, ni fur les fens. La vraie *Philofophie*, la feule *Philofophie*, c'eft l'amour de foi, de fon bien-être. Vous me comprenez bien ?

M. P.

Oui, c'eft-là notre doctrine.

L'A. M.

Pour arriver à ce bien-être, & s'en affurer la jouiffance, quand on

y

y eſt parvenu, il ne faut pas reſter
ſeuls. L'Homme iſolé eſt le plus ché-
tif, le plus impuiſſant de tous les
animaux. Ce n'eſt qu'en troupe
qu'on vaut quelque choſe pour ſoi
& pour les autres. Vous me ſuivez?

M. P.

A merveille.

L'A. M.

Il ſe fait entre un Corps & ſes
Membres une communication per-
pétuelle de ſecours, un échange
non-interrompu des ſervices que
l'un rend aux autres, & du zèle,
du dévouement qu'ont ceux-ci pour
les reconnoître. En deux mots, le
Corps ſe ſert de toute ſa puiſſance
pour les protéger, & ils conſacrent
tous leurs efforts pour augmenter
cette puiſſance, qui fait leur gloire
& leur ſureté. Cela eſt palpable.

M. P.

Rien n'eſt plus clair.

L'A. M.

Si après avoir été initié aux myſ-
téres de ce Corps, après avoir eu

part

part aux avantages de l'Affociation ;
on venoit à trahir fes intérêts, à
écouter je ne fçais quels fcrupules,
à fe piquer d'une commifération
qui lui préjudiciât ; enfin à montrer
une foi chancelante & voifine de
la perfidie ; il faudroit s'attendre à
une punition. Il n'y a point d'être
organifé qui ne tâche d'anéantir
ce qui lui nuit : les êtres moraux
font encore plus terribles dans leurs
reffentimens que les productions de
la nature. Ce Corps infulté deviendroit donc infiniment redoutable
pour l'atôme parjure qui auroit ofé
s'en détacher. La vengeance pourroit être plus cruelle que les bienfaits n'auroient été doux. Je crois
que je procéde avec méthode, &
que je me rends intelligible ?

M. P.

On ne peut développer une Lo-
gïque plus nette.

L'A. M.

Maintenant allons à l'application.
Vous vous fouvenez de votre arrivée

vée à *Paris*. Vous étiez très-jeune, très-inconnu, très-embarraffé.

M. P.

Rien n'eft plus vrai.

L'A. M.

Vous fûtes adreffé d'abord à ce vilain.... qui venoit de nous porter un coup cruel. Il vous rendit des fervices : mais fon pouvoir & fes facultés ayant des bornes très-étroites, il ne pût guères vous montrer que de la bonne volonté. Je le fçus. Je m'étois fait un nom par la vifion de *Charles Palif*..... (1), qui m'avoit conduit d'abord à la Baf.... & à la gloire, & bientôt après à la fortune. J'eus le bonheur d'être regardé comme un martyr par les *Freres*. Bientôt après on eut befoin auffi d'un Libelle contre *Pompig*... (2) : il s'agiffoit de prouver qu'il avoit été dans fon temps, incrédule comme un autre, & qu'en faifant le fcrupuleux devant l'*Académie*, il n'étoit qu'un apoftat à la *Philofophie*. Je fis auffitôt le

Com-

*Commentaire fur la priere univerfel-
le.* Il n'y avoit rien de plus méchant. On me défigna comme une
plume utile : je fus prôné dans le
monde. On m'affura 20000 livres
de rente pour récrépir le vieux
Dictionnaire du Commerce de Sa-
vary.

J'étois dans cette paffe heureufe,
quand un Ami commun me parla de
vous, me vanta vos talens, en gé-
miffant fur vos malheurs. J'en com-
muniquai aux *Freres.* On arrêta de
faire quelque chofe pour vous; mais
à une condition. Comme nous ne
pouvions que vous croire fouillé
par vos relations avec l'infâme....
on décida que pour les expier, il
falloit que vous fiffiez une Brochure
contre votre Bienfaiteur (3). Vous
vous en fouvenez? (*en le regardant
fixement.*

    M. P. *en baiffant les yeux.*
Hélas! oui.

    L'A. M.
Je vous en fis la propofition.
               Votre

Votre cœur se révolta. Je vous dis froidement : ces bouffées de délicatesse passeront. Allez à l'Hôpital voir mourir L....... qui a reçu & méprisé les mêmes avances sur lesquelles vous hésitez. Vous eûtes peur de l'Hôpital : vous fites la Brochure : vous ne l'avez pas oublié ?

M. P.
J'en rougis encore.

L'A. M.
Elle n'eut point de succès, parce qu'elle étoit assez plate : mais peu nous importoit : il ne nous falloit qu'une démarche qui vous empreignît le caractère de la confraternité ; aussi dès ce moment, votre position changea. Une fois consacré par cette onction de l'ingratitude, vous fûtes des nôtres. On vous assura deux mille écus annuels, pour coopérer à mon immortel *Dictionnaire du Commerce.*

M. P.
Immortel ! je n'en fais rien : mais éter-

éternel, j'en fuis fûr, à la maniere
dont nous nous y prenons ; il doit
avoir cinq Tomes in-folio : nous
avons fait payer d'avance, comme
c'eft l'ufage. Le dernier volume dé-
voit être donné cette année 1775 ;
& il n'y a pas encore, à cette époque, une ligne d'imprimée , même
du premier.

L'A. M.

Pardieu, nous ferions bien dupes : n'avez-vous pas lu ce que difoit un grand Général à fon fils ,
qui manœuvroit de maniere à ter-
miner tout d'un coup la guerre ?
*Maraud, veux-tu donc nous envoyer
planter des choux à...?* Si ce Dictionnaire étoit fait, que deviendroit
mon honoraire & le vôtre, auxquels
il fert de prétexte ? Ne m'inter-
rompez plus, & réfumons.

C'eft à votre dévouement, vrai
ou apparent, pour la *science* & le
produit net, que vous devez le bonheur d'être quelque chofe dans le
monde : en prenant notre argent,
&

& recevant notre *cocarde*, vous
vous êtes *engagé* à porter les armes
pour nous, envers & contre tous.

M. P.

Mais, Monfieur, ma confcience,
mon honneur?

L'A. M.

Mais, Monfieur, 6000 livres de
rente, & ce bèl appartement, &
cette jolie Gouvernante que j'ai ap-
perçue en entrant, & ces *mercredis*
où vous dinez avec la fleur des
beaux Efprits de *Paris*, & cette
confidération que vous devez à notre livrée; tout cela n'eft-il rien?
En un mot, docilité & bonheur
d'une part; révolte & mifére de
l'autre : choififfez.

M. P.

Vous me défefpérez! quoi il faut
perdre tout cela, ou travailler à la
perte d'un honnête Homme, d'un
bon Citoyen, d'un Ecrivain irréprochable?

L'A. M.

Vous me faites pitié. Quand

nous

nous aurions pu, jufqu'à préfent, balancer fur la néceffité de le profcrire, l'impreffion profonde qu'il a faite fur vous, & celle qu'il fait, il faut l'avouer, fur tous ceux qui le lifent, fans avoir le cœur & l'efprit préparés à notre façon, fuffiroit pour nous y déterminer. Voulez-vous que nous fouffrions dans un Pays où nous voulons dominer, un audacieux qui nous démafque, un impudent qui révéle nos fecrets, un téméraire qui nous brave, un..... je m'échauffe : faites-moi apporter un verre d'eau.

M. P. *fonne. La Gouvernante paroît. On lui demande un verre d'eau.*

L'A. M.

Elle eft vraiment gentille. Eh bien ! Monfieur, voilà le fruit de la *doctrine.* Le refpectable Frere *Mirab.....* a-t-il eu tort de dire, dans l'Oraifon Funébre du Docteur Quef...... que *la morale du Ciel ne raffafie que les ames privilégiées, au lieu que celle du produit net,*

procure

procure la *subsistance*, d'abord aux
enfans des hommes, empêche qu'on
ne la leur ravisse, par violence, &
par fraude, énonce *sa distribution*,
assure sa RÉPRODUCTION, & *nous*
mettant à l'abri des GÊNES DE LA
NATURE IMPÉRIEUSE, *nous oblige
au culte d'obéissance par le travail,
amene au culte d'amour & de reconnoissance par ses succès* *.

Eh bien ! mon pauvre imbécille ;
comment va le cœur ?

M. P.

Vous me jettez dans le plus
cruel embarras ; je vois d'un côté
la justice, & de l'autre la nécessité.
J'entends ici l'innocence de ce pauvre diable qui me crie de ne pas
être complice de sa perte ; & là vos
menaces qui me font trembler, si
je refuse d'y concourir. Mais n'y

---

* Eloge du Docteur *Quesnay*, prononcé le 20
Décembre 1774, dans l'Assemblée de ses Disciples, par M. le Marquis de *Mirab...*, *son fils aîné*,
& inséré dans le tome premier des Ephémérides
de 1775, page 203 & 204.

auroit-

auroit-il pas de conciliation ? Faut-
il néceffairement l'égorger pour vous
tranquillifer ? Un crime eft-il fi néceffaire à votre repos, qu'on ne
puiffe pas s'en difpenfer abfolument ?

L'A. M.

Un crime ! en vérité vous avez
des expreffions bien gauches : &
c'eft tout juftement devant moi,
qui ai traduit le Traité *des Délits*,
que vous venez hazarder des termes auffi impropres ! Ne femble-t-il
pas que nous allions faigner des quatre veines ce poliffon-là, pour qui
vous avez des accès de tendreffe
extravagans, ou qu'on fe prépare à
l'empoifonner ? Voilà ce qui s'appelle *crime* dans la bonne compagnie.

Mais des plaifanteries qui ne font
que le décréditer dans le monde,
des bruits fourds qui lui enleveront
des partifans, des infinuations adroi-
tes, qui en le laiffant à fa place, ne
font que lui ôter les moyens de nous

B   faire

faire perdre les nôtres, eſt-ce que ce ſont là des *crimes?*

Sa réputation en ſouffre! on le regarde comme un homme ſuſpect, qu'on n'oſe ni lire, ni voir; eh bien, le grand mal! Il faut que lui ou nous, d'après ce qui s'eſt paſſé, ſoyons de fort vilaines gens. Vous voyez bien que pour l'honneur de la Philoſophie, il ne faut pas que ce ſoit ſur nous que tombe cet opprobre; il faut donc le rejetter ſur lui. C'eſt-là une manœuvre adroite, & non pas un *crime:* c'eſt la recette des ſages de tous les temps. Vous êtes un enfant avec vos termes empoulés.

M. P.

J'avoue ma ſottiſe; mais je ne ferai plus qu'une queſtion. Quel eſt donc le motif de la haine implacable que vous lui portez? Par bien des côtés il me ſemble ſe rapprocher de vos opinions; il a le nerf, la vigueur néceſſaire pour être adopté parmi vous,

L'A.

Eh ! voilà fon grand tort, Monfieur. Nous l'avions prédeftiné à être un de nos Adeptes. *Duclos*, le dur & fec *Duclos*, avoit été chargé de cette converfion ; mais il l'a manquée : nous nous étions un moment bercés de l'efpoir qu'elle auroit lieu. Dans fes Révolutions de l'Empire Romain (4), en 1766, il avoit paru adopter nos principes : toutes les mains, tous les cœurs s'élançoient pour voler au-devant de lui, quand il rendit ces apprêts inutiles, & obligea tout de fe refermer. Il publia hautement qu'il n'avoit embraffé notre fyftême que d'après la féduction dont la jeuneffe eft fufceptible ; qu'en examinant, il s'étoit défabufé ; que c'étoit dans nos propres livres qu'il avoit trouvé de quoi fe convaincre de la fauffeté de nos principes : ainfi ce n'eft pas feulement l'incrédulité que nous avons à punir en lui, c'eft une efpece d'apoftafie ;

c'eft

c'eſt un vrai renégat dont il faut nous débarraſſer.

Cette exécution eſt d'autant plus indiſpenſable, que du fonds de ſon cabinet, ſeul, ſans intrigue, ſans protecteur, il nous a fait plus d'une fois trembler au milieu de nos triomphes.

Notre grande reſſource pour éblouir le Public, c'étoit ce zele affecté pour ſes intérêts, ce détachement ſimulé des récompenſes, cet enthouſiaſme patriotique qui ennobliſſoit notre Apoſtolat. Eh bien ! ne nous a-t-il pas démaſqués ? Ne nous a-t-il pas comparés à *Calvin*, à *Luther* (5)*? N'a-t-il pas dit, &, qui pis eſt, prouvé que c'étoit à l'*Autel*, au *Trône* que nous en voulions ; qu'en annonçant la *liberté*, nous apportions dans le monde un *joug* très-dur & très-peſant ; qu'en prêchant la *fraternité*, nous marchions à l'*empire* ; qu'en vantant les charmes du

---

* Voyez la Réponſe aux Docteurs modernes, & les notes.

produit

produit net, en parlant de multiplier les *jouiſſances*, c'étoient les nôtres ſeules que nous voulions étendre & aſſurer?

N'avons-nous pas vu l'inſtant où le voile tomboit, où nos productions, nos maximes, dépouillées de tout ce verbiage faſtueux dont Frere *Mirab*..., Frere *Dup*...., Frere *Beaud*... les enveloppent, n'offroient plus aux yeux du Public que des ſpectres hideux qui auroient excité l'horreur & l'effroi?

N'a-t-il pas eu l'audace de nous ravaler au rang des factions ordinaires, de nous indiquer comme des Miſſionnaires turbulens & dangereux; de rendre ſuſpectes les aſſemblées fraternelles de cent-cinquante, de deux cents perſonnes (6), que nous tenons, ſans bruit, chez Frere *Mirab*..., où il nous nourrit, non pas du pain creux de ſa parole; mais des mets délicats d'une table très-recherchée, & qui le ruine à notre grande édification?

B 3   Vous

Vous avez lu, dans sa Réponse aux *Docteurs modernes*, ce Chapitre intitulé : *que les Philosophes Econo-mistes forment une secte dangereuse;* vous y avez vu ce passage terrible, ces répétitions foudroyantes, *vous n'êtes pas une secte*, & tous les dé-tails qui y sont développés. Est-ce que cela se pardonne ?

Nous lui avons bien vîte fermé la bouche ; nous avons étouffé sa voix ; mais son cœur n'est point changé : fier, incorruptible, iné-branlable comme il est dans son in-fortune même, c'est, pour parler son style, *Marius* sur les ruines de *Carthage* : tant qu'il conservera un souffle, il est toujours à craindre ; il faut donc nous en défaire.

Voilà le projet formé, arrêté, après l'apothéose de notre Patriar-che, dans l'assemblée de ses *Disci-ples*, le 20 Décembre 1774, quand tous les Freres attendris par l'élo-quence de son héritier, s'écrioient en cœur : il est mort ! *quel dom-mage !*

mage ! & *tels* & *tels vivent encore pour peſer à la terre* (7) ! *ô profondeur**! Projet néceſſaire à notre gloire, à notre ſalut; projet équitable, dès qu'il tient à notre conſervation; projet auquel tous les Freres doivent concourir, ſous peine de *radiation* non-ſeulement de notre *Tableau*, mais de l'honoraire. Hem ?

M. P.

Mais, Monſieur, la vérité, le Public ?....

L'A. M.

Sçavez-vous bien que la patience m'échappera à la fin ? La vérité ! En eſt-ce une ou non que vous recevez deux mille écus pour récompenſe de votre dévouement à la *doctrine?*

M. P.

C'en eſt une inconteſtable.

L'A. M.

En eſt-ce une que la *doctrine* eſt claire, ſaine, évidente ?

---

* Voyez l'*Eloge*, p. 199.

B 4

M.

M. P.

Celle-là n'eft pas tout-à-fait auffi conftante que l'autre.

L'A. M.

Ingrat & pitoyable raifonneur ! Il faut le ramener aux élémens. Voyons. Une conféquence juftement tirée d'un principe vrai n'eft-elle pas vraie comme l'axiôme qui la produit ?

M. P.

Il ne peut pas y avoir de doute là-deffus.

L'A. M.

N'eft-il pas vrai que vous recevez deux mille écus par an pour croire & foutenir que la *doctrine* eft fondée fur l'*évidence* ; que le *produit net* en eft la *racine* ; que cette racine a été découverte par un nouveau Prométhée, à l'aide d'*un inftinct* CHERCHE-VÉRITÉS ; que de-là eft fortie l'*évidence* contenue dans le *Tableau économique* dont le *Maître* a GÉNÉALOGISÉ *les conféquences*

&

& les résultats * ; qu'indépendante des accidens & des ruines de son écorce, cette ame supérieure se montroit toute dominante au milieu des débris de son image habituelle **.

M. P. *se met à rire.*

L'A. M.

Vous riez, je crois : par-la-sem-bleu, je ne croyois pas être si plai-sant que je le suis.

M. P. *éclatant.*

Pardon ; mais le jargon que vous venez de parler est si comique, il a quelque chose de si original, ou de si relevé, que je n'ai pu surmonter l'éclat que vous venez d'entendre.

L'A. M.

Voici de quoi vous rendre sérieux : j'argumente en forme. Quiconque a reçu de l'argent pour croire ce qu'on lui dit, est obligé de le croi-

---

* Voyez l'Oraison funebre du Docteur Ques... citée ci-dessus, p. 200.

** Ibid. p. 201.

B 5   re.

re. Vous vous laiffez foudoyer ; donc, &c.

Second fyllogifme. Quand on eft une fois convaincu d'un principe, on doit regarder comme ennemi, combattre, anéantir quiconque veut le renverfer ; or vous êtes convaincu, & *Linguet* contefte les points de notre créance : donc, &c.

Troifième fyllogifme. La vérité eft le plus grand bien que l'on puiffe procurer aux hommes : de petits maux ne doivent pas entrer en balance avec les prodigieux avantages qui en réfultent. Or la *fcience* eft la vérité : la perte de *Linguet* eft néceffaire à fes progrès, & ne feroit tout au plus qu'un très-petit mal, quand elle feroit injufte. Donc, &c.

Quatrieme fyllogifme. Dans l'état où font les chofes, quiconque a été initié à notre fecret, doit, ou contribuer à nous défaire de notre ennemi, ou s'attendre à être enveloppé dans fa profcription. Vous avez été admis à la ligue qui doit produire

ce

ce grand coup. Donc, &c.

Voilà ce qui s'appelle parler : la vieilleſſe de frere *Mirab.* ſe perd dans les nues, quand il *élogie* frere *Queſ.* mais ma verdeur à moi s'exprime avec énergie, ma logique eſt ſerrée. Qu'en dites-vous ?

M. P.

Elle eſt ſans replique : il ne me reſte plus d'inquiétude que du côté du Public. Vous flattez-vous qu'il n'ouvrira pas les yeux ; que d'après ce penchant naturel qui nous porte à plaindre, à ſecourir les malheureux, on ne réfléchira pas ſur la perſécu-tion que vous ſuſcitez à cet homme, en faveur de qui tant de témoins dépoſent ; qu'on n'approfondira pas vos motifs ; qu'on n'appréciera pas ſes ouvrages ; qu'enfin.....

L'A. M.

Pauvre homme ! ſi d'autres que moi vous entendoient, on vous fe-roit une réduction ſur vos honorai-res. Vous êtes payé pour une raiſon de deux mille écus, & vous n'en

B 6   ayez

avez pas une de cent piſtoles ſeulement. Écoutez-moi. Je vois bien
que vous n'avez jamais médité ſur
le caractere du Public, ſur celui de
notre Adverſaire, & enſuite ſur nos
reſſources, ſur nos avantages paſſés,
préſens & futurs. Je vais vous développer tout cela.

D'abord le Public eſt de tous les
êtres le plus facile à mener, à ſubjuguer, à échauffer, à calmer, à
fatiguer. Il n'y a point de cheval de
manege qu'on diſcipline avec autant
de facilité, dès qu'il ſe trouve dirigé
par des Écuyers habiles, & ſans vanité nous entendons cela. Il s'emporte ſans raiſon, ſans ſçavoir pourquoi, & quand enſuite il ſe trouve
dans la foule quelques gens honnêtes qui eſſaient de revenir, il eſt ſi
aiſé de leur impoſer ſilence ! il n'y a
qu'à crier plus fort qu'eux.

Obſervez que jamais ils ne ſe met-
tent en troupes : ils reſtent iſolés.
Quand on veut les battre, il n'y a
qu'à former un bataillon. Alors ils ſe
                                    taiſent :

taifent : on a donc le champ libre ,
& par conféquent le Public pour foi.
C'eft ce qui nous eft arrivé & nous
arrivera toujours.

Enfuite fongez à quel homme
nous avons affaire. Je fuis auffi convaincu que vous , qu'il a l'ame & le
cœur honnêtes : mais ce n'eft pas de
cela qu'il s'agit. Il eft queftion de
faire triompher nos opinions : il les
combat : il faut donc l'écrafer , afin
d'applanir le chemin , & qu'elles paffent par deffus. Or , rien n'eft fi facile.

C'eft un homme ardent & fans
politique. Voyez avec quelle fou-
gue, quel abandon, il a défendu le
Duc d'A. malheureux , & avec
quelle bétife il s'en eft éloigné quand
celui-ci eft devenu tout-puiffant ?
S'il avoit été un des nôtres, ce trait
auroit fuffi pour l'immortalifer :
nous aurions fait retentir dans toute
l'*Europe* cette fierté généreufe qui
dédaigne la reconnoiffance , après
avoir partagé les périls , & laiffe-là

le Ministre, après s'être sacrifié pour le particulier. L'Histoire *Greque Romaine* ne nous auroit rien offert de comparable. Mais c'étoit *Linguet* dont il s'agissoit.

Nous avons présenté cela non comme un héroïsme de générosité, mais comme une inconséquence folle. Nous sommes venus à bout d'y trouver de quoi faire prendre une mauvaise idée de sa tête, & même de son cœur. Nous avons dit, non pas qu'il *s'éloignoit*, mais qu'il se *brouilloit*: nous avons supposé qu'il mettoit son travail à un prix extravagant. Nous avons assuré que le Duc d'A. ne se prêtant pas à ce délire de l'avidité, il avoit *fait un Mémoire contre lui* (8) : nous l'avons imprimé dans les *Gazettes étrangeres*, affirmé dans les cercles : nous avons même cité des phrases de ce Mémoire, afin qu'il ne fut pas possible d'en douter; nous avons dit : voyez quelle ame perverse, atroce. Sa plume est toujours prête à diffamer ceux même qu'elle qu'elle a le plus honorés ; elle verfe indifféremment la fatyre & l'éloge.

Qu'en eft-il arrivé, qu'il a eu d'abord pour ennemis tous ceux du Duc d'A. enfuite tous fes partifans, & enfin même les indifférens. Les premiers ont crié : il a défendu le commandant de Bretagne ; c'eft un fcélérat. Les feconds ont dit : il a attaqué notre Protecteur ; c'eft un monftre. Les troifiemes en regardant ces deux difparates comme inconteftables, n'ont pu s'empêcher d'avouer que cela annonçoit une vilaine ame, & le Duc d'A. qui auroit furement fouhaité de le juftifier, n'a ofé fouffler ; car à quoi auroit fervi fon témoignage contre le cri univerfel ? Dès-lors il n'a plus été permis de douter que *Linguet* ne fut un mauvais citoyen, un défenfeur perfide & un cœur vénal.

C'eft la même chofe dans tout le refte de fa vie. Il eft *Avocat* : il a été prendre à la lettre les maximes de l'*Ordre*, qui veulent que la *fer-meté*,

meté , le *défintéreffement* ; le zele
pour les Clients injuftement opprimés, foient les vertus diftinctives
d'un homme honoré de ce titre. Il
n'a pas vu qu'il en étoit de tout cela
comme des principes de morale, qui
font toujours fubordonnés aux circonftances, aux événemens; il s'eft
piqué de s'y conformer avec fcrupule, & auffi il a armé tout fon Ordre contre lui.

Il eft *Homme de Lettres*. Naturellement il devoit avoir pour but
d'arriver à l'*Académie* : il en avoit
un moyen tout fimple. Il connoiffoit d'*Alemb....* & *Duclos*. Il n'y
avoit qu'à les flatter, au moins jufqu'à ce qu'il eut tiré d'eux ce qu'il
en auroit voulu ; c'eft-à-dire, le fecours de leurs amis & de leurs intrigues, pour s'inftaller fur le *Sopha*
littéraire : rien n'étoit fi aifé. Point
du tout. Sur ce que pendant qu'il
étoit malade, ils n'ont pas pris fon
parti bien chaudement, crac, voilà
mon

mon homme qui part. Il écrit, il imprime une Lettre, où il dit en propres termes, qu'il sçait bien *que d'Alemb.... & Duclos difposent en defpotes des places de ce Sénat littéraire ; qu'ils font les Saints - Pierres de ce petit paradis, qu'ils n'en ouvrent la porte qu'à ceux qui font marqués DU SIGNE DE LA BÊTE* *.

Et il a la bétife lui-même d'ajouter :
« J'ignore fi jamais l'envie me pren-
» dra d'effayer d'y être admis ; mais
» je fçais bien que j'y renonce de
» bon cœur ; s'il faut abfolument fe
» charger d'un fceau particulier de
» probation ; s'il faut faire autre
» chofe que d'être ferme, droit &
» naïf, refpecter ce qui eft refpecta-
» ble, méprifer ce qui eft méprifa-
» ble, remplir fes devoirs avec fcru-
» pule, dédaigner les fectes & leur
» fanatifme ; & enfin, montrer fans

---

* Réponfe aux Docteurs Modernes, 3e. Part. pag. 248.

» ceffe

» ceſſe ce que l'on a dans le cœur;
» mais auſſi, n'y avoir que ce que
» l'on montre ».

Qu'eſt-ce qui réſulte de-là ? qu'en
ſuppoſant que l'honnêteté & les talens devroient ſeuls ouvrir les portes
de l'*Académie*, il a pour ennemis les
Académiciens, qui ne veulent pas
qu'on leur faſſe de loix; qu'en ſe
piquant d'obſerver avec une rigidité
gothique, les régles que ſes Confreres recommandent, il a pour ennemis ces mêmes Confreres, qui lui
*reprochent de n'avoir pas le ton du
Barreau*; que ce ſurcroît de haînes
ſe joint à toutes celles qui le pourſuivent déjà, graces à nous, & qu'il
paroît avoir bientôt contre lui la
nature entiere.

M. P.

J'entends : mais enfin on peut
revenir : on peut trouver même
dans ces imprudences-là une ſorte
d'héroïſme : on peut y voir une fer-
meté, une bravoure peu communes;
& il faut avouer, qu'en rapprochant
tous

tous ces traits, en approfondiſſant
toute la conduite de l'homme dont
vous cherchez à donner une idée ſi
odieuſe, le ſentiment contraire en
ſera peut-être le fruit.

L'A. M.

Voilà ce qui vous trompe : c'eſt
ce qui ne peut pas arriver : oh ! nous
avons pris nos meſures. Dès que nous
eûmes fait l'épreuve de ſon ame de
fer ; dès que nous fûmes bien aſſurés,
par la publicité de ſa *Theorie des
Loix*, que c'étoit un Proſélite manqué ; & par la vigueur de ſon ſtyle,
que c'étoit un Adverſaire redoutable, nous diſposâmes tout pour le
décrier. Nous avions à choiſir de le
faire paſſer pour un Républicain fougueux, ou pour un lâche Panégyriſte du pouvoir arbitraire, d'armer
contre lui le Gouvernement ou le
Public.

Dans le vrai, il ne recommande,
ni le deſpotiſme, ni l'indépendance ;
il proſcrit également l'abus du pouvoir & de la liberté, Il indique aux
hommes

hommes le vrai milieu, le feul capable de les fauver des dangers de ces
deux extrêmités : mais par cela même
il en eſt également éloigné, & par
conféquent, rien de fi facile que de
le faire paroître à volonté près de
l'une ou de l'autre. Vous entendez
cela ſans peine ?

M. P.

Point du tout : je n'y conçois rien :
j'ai vu comme vous que la *Théorie
des Loix*, & tous les autres Ouvrages du même Auteur, préſentent
un ſyſtême très-ſuivi, très-lié, très-
conſéquent, très-humain ; j'ai re-
gretté qu'il ait eu l'imprudence de
dire, quoique cela ſoit très-vrai,
que ce ſyſtême étoit réaliſé en *Aſie*,
parce que c'eſt donner priſe aux préjugés ; j'ai ſenti qu'étant élevé dès
l'enfance dans la perſuaſion qu'un
Sultan étoit un *Deſpote* ſans frein ;
& *Conſtantinople* un ſéjour, où au
premier ſigne, chacun pouvoit être
décapité, *étranglé*, *empâlé*, &c. on
ſe révolteroit d'entendre dire qu'il
n'y

n'y avoit pas de pays où la propriété des biens & des perfonnes fût plus affurée.

Il faut des combinaifons profondes, pour faifir cette vérité. *Linguet* la met dans tout ion jour, pour qui veut avoir la patience de le lire jufqu'au bout, comme je l'ai fait : mais il n'y a perfonne de nous qui n'ait reçu, de fa nourrice, l'idée que toutes les têtes de l'*Afie* ne tiennent qu'à un fil, & les biens à rien. J'ai fenti à l'effort dont j'ai eu befoin pour l'écarter, qu'il auroit mieux valu ne pas me la rappeller, que de m'expofer au rifque d'en être encore maîtrifé, même malgré ma réflexion. Voilà ce que j'ai vu & fenti : mais je ne me ferois jamais douté qu'on pût rapprocher indifféremment les principes de la *Théorie des Loix*, du defpotifme & de l'indépendance, précifément parce qu'ils s'en écartent également.

L'A. M.

Je vous ai laiffé parler fans vous
inter-

interrompre, pour m'affurer jufqu'où iroit votre démence. Voilà donc tout ce que vous voyez? Qu'il en coûte pour vous éclairer ! Dites - moi, Monfieur, y-a-t-il rien de plus éloigné du *noir* que le *blanc?*

M. P.

Non.

L'A. M.

Eh bien! fi vous aviez intérêt de foutenir alternativement qu'il y a du *blanc* & du *noir* dans un mélange de couleur quelconque, cela ne vous feroit-il pas plus aifé à trouver dans le *gris*, que dans toute autre modification des faifceaux de la matiere

M. P.

J'en conviens.

L'A. M.

Pourquoi cela?

M. P.

Ah ! vous avez raifon! c'eft que les deux principes y exiftent par portion égale, que par conféquent le réfultat eft à une même diftance de de ſes parties intégrantes. Si vous voulez montrer le *noir*, vous décompoſerez l'amalgame, & ne produirez que la partie qui abſorbe les rayons ; ſi le *blanc*, vous cacherez la premiere, & ne laiſſerez voir que celle qui les réfléchit.

L'A. M.

Eh allons donc ! Vous y voilà. Maintenant, voyons un peu juſqu'où ira votre ſagacité. Ayant le pouvoir par cette manipulation adroite, de trouver dans la *Théorie des Loix*, les deux contraires ; duquel croyez-vous qu'il valoit mieux accuſer l'Auteur ? Quel crime lui auriez-vous choiſi ?

M. P.

Ma foi, je ne ſçais : l'un étoit auſſi dangereux que l'autre. Le déférer comme un vil adulateur de l'autorité, c'étoit lui imprimer aux yeux du Public une tache ineffaçable : le préſenter comme un réfractaire rébelle aux ordres des Puiſſances, c'étoit le dévouer à leur reſſentiment.

L'A.

L'A. M.

Oui : mais auffi, le décrier comme un Partifan effréné de la liberté, c'étoit rifquer de lui en donner dans le Public, à qui tout ce qui femble attaquer les pouvoirs établis, en impofe. Peut-être même quelques-uns des Freres y auroient-ils été pris. Ils auroient aimé & révéré l'Agneau déguifé fous la peau du Lion. D'un autre côté, le compromettre comme Apologifte du pouvoir arbitraire, c'étoit le défigner au Gouvernement comme un homme qui pouvoit être utile ; lui attirer de la confidération, du crédit, du pouvoir peut-être : il y avoit du péril des deux côtés: encore une fois, a quoi vous feriez-vous décidé ?

M. P.

Je vous le dis, je n'en fçais rien. En admirant qu'un même Auteur puiffe être indifféremment expofé à deux reproches auffi contradictoires, j'avoue que j'aurois été bien embarraffé à choifir. Lequel lui avez-vous fait ?

L'A.

L'A. M.

Tous les deux, Monſieur, tous
les deux. Dans les Mémoires particuliers, nous l'avons donné aux Gens
en place comme un eſprit altier,
ami des *Jéſuites* & de leur morale,
porté par tempérament à ne rien
ménager ; & capable, ſinon d'opérer une révolution, du moins de la
préparer, en ſoulevant les eſprits.
Dans les livres, dans les cercles, ſur-
tout auprès des femmes, qui déteſtent
encore plus que les hommes tout ce
qui a l'apparence de ſujétion & de
baſſeſſe ; nous l'avons peint aux genoux de la faveur, du crédit, travaillant à la promotion du deſpotiſme avec ardeur ; nous avons donc
ſoulevé contre lui, le Public toujours crédule, & armé le Miniſtere
toujours inquiet ; & pour comble de
bonheur, nous avons été aidés par
le concours des circonſtances les
plus favorables.

Il a été chargé de la défenſe du
Duc d'A. accuſé de deſpotiſme ;

C   nous

nous avons obfervé que rien n'étoit plus naturel : le Duc d'A. l'avoit choifi par goût, par reffemblance d'humeur, de caractere ; nous les avons tous deux percés d'épigrammes de toute efpéce. Vous connoiffez la Fameufe, qui finit par ce joli vers,

Je pelotois en attendant partie.

La révolution de 1770 eft arrivée. Toute la France a crié au defpotifme. Qui en a été l'agent fecret ? Le Panégyrifte du defpotifme *Linguet*. Elle a été colorée par des difcours d'un genre nouveau, pleins d'éloquence, mais en même-tems de fel & de malignité. Quel en étoit l'Auteur ? Le Panégyrifte du defpotifme *Linguet*. Le Public a été inondé de *Pamphlets*, de brochures infiniment au-deffous de ces difcours, plates, mauffades pour la plûpart, où les *Princes du Sang*, l'ancienne *Magiftrature*, ce qu'il y a de plus refpectable, étoit compromis. A qui

les

les attribuer ? Falloit-il le demander ? Au Panégyriste du Defpotifme.
A *Linguet.* C'étoit l'*Hercule* de la
Fable : il avoit tout fait, & quoique
la vie entiere d'un feul homme n'eût
pas fuffi à la moïtié des travaux
qu'on lui prêtoit, quoiqu'il fût im-
poffible d'y reconnoître fon ftyle,
fon genre, fes idées ; le fot Public,
fubjugué par la hardieffe de nos affertions, recevoit & croyoit tout.

M. P.

Pardieu, voilà une trame bien
tiffue.

L'A. M.

Pendant ce tems-là le pauvre diable fe mouroit de douleur & d'indignation dans une campagne à quatre
lieues de Paris. Il fe tuoit de dire
que rien n'étoit plus faux, qu'il ne
connoiffoit même pas le *Ch......*
(9), ce qui étoit très-vrai ; qu'il
fouffroit plus que perfonne de la révolution, puifque n'ayant pas de
fortune, ayant plus fcrupuleufement
que tous fes Confreres, fermé fon

C 2 cabi-

cabinet,* il se trouvoit réduit à la mé-
diocrité la plus voisine de l'indigence.

Nos cris l'emportoient sur les
siens : nous ne laissions parvenir son
désaveu qu'au *Ch.....*, parce qu'il
lui en faisoit un ennemi. M. de M......
disoit : oui-da : voilà un homme qui
rougit de moi ! bon, marqué sur
mes tablettes : éloigné pour toujours,
s'il est sage ; perdu sans ressource à
la premiere sottise. Ainsi il se trouvoit devenu suspect au Parti domi-
nant, sans être absous aux yeux du
Parti abbatu.

Après l'avoir ainsi cerné, isolé de
tous côtés, nous n'attendions que
le moment favorable pour achever
de le renverser. Cent mille bouches
étoient disposées pour en donner
l'ordre, & un million de mains pour
l'exécuter, quand la célebre affaire du
C. de M. vint nous en offrir l'occasion.

M. P.

Que dites-vous ? quelle part pou-

---

* Voyez le Plaidoyer imprimé des 4 & 11 Janvier 1775.

vez-

vez-vous avoir prife à cette affaire ? quelle influence la *doctrine* & *l'éco-nomie* ont-elles pu s'y attribuer ? nous ne fommes point ufuriers....

L'A. M.

Hum ! hum ! mon cher P. la vieille qui brûloit une chandelle au Diable comme à faint Michel, difoit : *il faut avoir des amis par-tout.* Les ufuriers ont bien leur utilité, & la petite femaine fes avantages. C'eft-là que *l'équité eft calculée à fols, livres & deniers, & la frater-nité mife en recette* *. Avec le temps on vous révelera tous nos myfteres. Pour le préfent, qu'il vous fuffife de favoir que c'eft à nous feuls qu'eft dû l'éclat qu'a produit cette affaire.

M. P.

Vous m'affligez. J'étois en *Ruffie* alors. Depuis mon retour j'ai lu tout ce qui concerne ce procès, il

---

* Voyez l'Eloge ci-deffus, page 212.

C 3   eft

eſt d'une extravagance , d'une abſurdité révoltantes, & pour qui voudroit l'approfondir , d'une horreur atroce. Rien de plus abſurde que de ſuppoſer que des gens qui ont croupi quarante ans dans la miſere, avoient ſous leur chevet cent mille écus , dont ils ne tiroient pas même les arrérages ; qu'après ce temps, paſſant d'une timidité folle à une confiance auſſi ſtupide, ils ont produit leur tréſor au grand jour , pour le donner à un homme dont les biens ſont en direction ; qu'ils le lui ont remis ſur de ſimples billets , qui n'engendroient pas même d'hypoteque ; qu'ils ont fait ce ſacrifice en s'en cachant comme d'une mauvaiſe action ; que l'héritier des cent mille écus les a portés à pied en treize voyages, comme un manœuvre , ſans repos , ſans relâche, dans une ſeule matinée. Ce ſyſtême eſt ſi bête , ſi profondément ridicule, que je ne conçois pas qu'un ſeul homme de bon ſens....

L'A.

L'A. M.

Vous ne concevez pas ! vous ne concevez pas ! il eſt bien ici queſtion d'intelligence : il s'agit de faits. Vous ne conceviez pas non plus tout-à-l'heure, qu'on pût faire de la *Théorie des Loix* l'arſenal d'un *Cromwel* & d'un *Mahomet ſecond* tout à la fois : Ecoutez & ne vous preſſez pas de juger.

Sans doute le fonds du procès étoit abſurde ; mais les acceſſoires étoient intéreſſans. Une vieille femme de quatre-vingt-dix ans, morte dans le cours de l'inſtruction ; deux jeunes filles jolies, & d'une ſageſſe éprouvée ; un jeune homme préſenté comme un modele de diſcrétion, de prudence, de candeur ; des billets de cent mille écus à partager entre les mains qui aideroient à en arracher le paiement ; ces billets avoués par le débiteur, qui n'incidentoit que ſur la maniere dont ils étoient ſortis de ſes mains ; ce débiteur, reconnu pour un homme honnête

honnête par tous ſes Pairs, mais
imprudent, mais inappliqué, mais
trop facile à employer des reſſources, douloureuſes à l'inſtant même
où elles ſemblent ſoulager, & mor-
telles quand le relache momenta-
né qu'elles procurent eſt évanoui ;
cet état de haine & de rancune où
ſont toujours les petits à l'égard des
Grands ; ce plaiſir de voir un homme de la claſſe ſupérieure humilié ;
n'étoit-ce rien ? Joignez à cela le
deſir ſecret de mortifier, de perdre
peut-être, un homme utile, qui depuis quatorze ans dirigeoit la Police
publique, & ne s'étoit pas prêté
avec aſſez de complaiſance à des
reſſentimens privés, & puis dites
que vous ne concevez pas comment
cette affaire a pu occaſionner tant
de fracas.

M. P.

Mon Dieu, ce n'eſt pas là ce
qui m'étonne ! je ſais bien que plus
une cabale eſt abſurde & criminelle,
plus elle a de partiſans, de coopérateurs

rateurs ; mais ma furprife eft que vous vous foyez mêlés de celle-là, qui étoit fi peu honnête, fi peu rai-fonnable, fi peu philofophique dans tous les fens ; qui outrageoit la No-bleffe, que vous avez toujours eu foin de vous attacher.

L'A. M.

Ah ! toute la Nobleffe n'étoit pas indiftinctement pour le C. de M. Nos amis, nos profélites dans cet Ordre là, difoient hautement que quand on avoit fait des billets il fal-loit les payer ; &, en conféquence, ils devenoient bien plus exacts, non pas à payer leurs dettes, mais à ne pas prendre d'engagemens écrits.

D'ailleurs, nous étions pour quel-que chofe dans la rancune contre cet Adminiftrateur éclairé de la Police qui défapprouvoit nos pro-jets ; il vouloit que le Peuple fut paifible & content : fous prétexte d'empêcher les révoltes dans Paris, il foutenoit qu'il ne falloit pas y

C 5 laiffer

laiffer renchérir le pain ; il avançoit fon propre argent pour foulager les malheureux, que notre fortuné fyftême y mettoit un peu mal à l'aife, toute cette canaille qui faifoit femblant de mourir de faim, parce qu'au lieu de commencer par augmenter leurs journées, afin de pouvoir hauffer le prix du pain, on avoit d'abord forcé le doublement de celui-ci, en laiffant les falaires s'arranger comme ils pourroient. Il étoit très-important pour nous de le décrier, de le déplacer.

Voilà pourquoi nous fîmes des peintures fi hideufes, des *chartres privées* de la Police, des *cruautés* de fes Agens, des *tortures* prodiguées par fes bourreaux, & tant d'amplifications toutes fondées fur un *coup de poing* *, qui même n'a pas été conftaté en définitif, & qui ne prouvent que les reffources de l'éloquence dans la main des *Freres*.

---

* Voyez fes propres Mémoires des Verrons.

Si

Si *Linguet* fe fût tû dans cette occafion importante ; s'il eût laiffé couler le torrent fans s'y oppofer, peut-être en faveur de cette lâcheté lui aurions-nous pardonné les offen-fes anciennes : au moins nous lui aurions dit comme le *Cyclope* à *Ulyf-fe*, nous ne te mangerons que le dernier ; mais il fe jetta au-devant de nos coups : il voulut faire le petit *Curtius :* il fe dévoua avec une intré-pidité que quelques imbéciles ont trouvée héroïque & qui n'eft que ftupide, pour fauver les objets de notre reffentiment.

Que fimes - nous ? pardieu, nous frappâmes fur le Défenfeur plus fort encore que fur les défendus : ce bouclier qui les cachoit à nos traits, en devint le but, & ce fut alors que nous nous livrâmes à plai-fir à celui de le diffamer, toujours en fuivant le même plan ; toujours fans nous écarter de la premiere route frayée pour l'attaquer.

Il ofoit fe déclarer le Protecteur

C 6   d'un

d'un Gentilhomme , accufé d'une barbarie intéreffée , & des Agens barbares de la Police de Paris ? Ce rôle convenoit à merveille à l'Apologifte du *Defpotifme afiatique*. Il avoit un goût pervers pour rétablir les réputations délabrées , puifqu'il avoit effayé de juftifier *Tibere* , *Néron* , &c. . . . . . . *.
La nature l'avoit fait naître avec une averfion invincible pour la vertu , puifqu'il s'étoit efforcé de noircir *Titus* , *frere Dup...* , *frere Baud...* *& frere Dujonquai*.

Pour recueillir , pour établir ces preuves palpables , convaincantes , *Marm...* nous prêta fa plume & fes oreilles : on fit des quêtes. Des Sœurs charitables fe chargerent de la fubfiftance de la famille infortunée. On vendit les Mémoires , afin qu'elle fut moins à charge. On chercha par-tout des fecours & des alliés.

* Ce font les propres termes des Libelles du temps.

On

On careſſa , on flatta les Juges. Ils béniſſoient l'affaire des cent mille écus, qui les rendoit des *Perſonnages*.

Le zele tranſporta quelques belles partiſanes de la *Science*, au point qu'elles payerent plus d'un ſuffrage du prix que mit la charmante Ducheſſe de *Montpenſier*, à l'aſſaſſinat de *Jacques Clément*. Le ſexe eſt d'une reſſource inapréciable dans ces momens décifiſs : auſſi nous eumes la ſatisfaction d'entendre tout *Paris*, toute la France applaudir en *chorus* : *Linguet* devint en ce moment le hibou de la Fipée : les glapiſſemens de toutes les linottes ſifflées par les freres *uſuriers*, *économiſtes* & autres, étoient ſi violens, que nous nous flattames d'étouffer ſes repréſentations.

M. P.

Comment en effet a-t-il pu parvenir à les faire entendre au milieu de tout ce charivari?

L'A. M.

Eh ! mon Dieu, ce diable d'hommeme-là, rien ne l'intimide, rien ne le déconcerte. Il nous laiſſoit agir, parler, cabaler, imprimer, ſubjuguer la multitude, & puis tout d'un coup il paroiſſoit de lui un Mémoire qui nous donnoit pour ſix mois de travail. C'étoit la lame qui balaie le rivage, & applanit en un inſtant le ſable ſur lequel on s'eſt fatigué à tracer des caracteres.

Avec ce courage & cette méthode, il nous a arraché le C. de M. j'en ſuis encore dans une fureur.... Il eſt vrai que les Juges ont eu la ſatisfaction de *ſupprimer ſes Mémoires*, de le *rayer du Tableau*, *&c*. Mais toutes ces petites grimaces-là n'étoient que les efforts impuiſſans du cheval fougueux contre le mords qui le ſubjugue. Le ſcélérat ne vouloit que ſauver l'innocent, & il y a réuſſi, Monſieur, il y a réuſſi.

M. P.

Je vais de ſurpriſe en ſurpriſe. Que vous ſoyez venus à bout d'ameuter la foule contre la vérité, que vous ayez

ayez gagné, ou effrayé ou égaré des Tribunaux; que vous ayez fait illusion à une infinité d'honnêtes gens, chez qui les lumieres n'égalent pas la droiture, quoique cela soit fort triste, il n'y a pourtant, d'après l'expérience du moins, rien de fort extraordinaire : mais qu'un homme seul vous ait bravés impunément; qu'à tant d'attaques il ait résisté sans succomber, qu'en ce moment même, vous soyez encore forcés de vous occuper des moyens de préparer sa chute, quand vous êtes obligés d'avouer qu'il est seul, sans intrigue, sans faction; qu'il n'a d'autre ressource que son cœur & sa plume; dussiez-vous m'en faire un reproche, c'est encore, je l'avoue, ce que je ne puis concevoir.

L'A. M.

Eh corbleu! c'est aussi une fatalité sans exemple, qui nous désespere autant qu'elle nous humilie. Il faut que la nature ait donné à ce démon-là, avec ce feu, cette facilité

lité qui lui attache par-ci, par-là, quelques caillettes, ou quelques hommes auffi méprifables qu'elles & lui, un fang froid, un flegme, une ténacité dont rien n'approche. Nous fommes venus à bout de le décrier dans le Public, comme la *plus mauvaife tête* qui exifte : & il ne nous a pas encore été poffible de lui arracher l'apparence d'une fauffe démarche. Non, Monfieur, pas l'apparence d'une. Quand l'orage arrive, il plie les épaules. On le croit foudroyé : point. Au moment où l'on s'y attend le moins, il fe releve, & reparoît comme fi on ne l'avoit feulement pas touché.

Voyez ce qui s'eft paffé le 11 Janvier. Le Public étoit prévenu, fes Confreres foulevés, les Magif-trats indifpofés : un mot déplacé le perdoit fans retour. Eh bien ! il fe préfente, il parle : il eft abfous avec des applaudiffemens enragés. A-t-on jamais rien vu de pareil ?

S'il lui étoit échappé, depuis dix

ans

ans que nous le guettons, quelque chofe qui pût paroître approcher d'une imprudence, une plainte indifcrete, un libelle clandeftin, un mot fufpect ; mais non ; s'il imprime, ce n'eft qu'avec approbation : s'il parle, ce n'eft que devant les Tribunaux. Il écoute tout, réfute tout, de maniere qu'on n'a plus d'autre imputation à lui faire, que de s'être juftifié. Il réduit fes ennemis au point que le feul crime qu'ils puiffent lui objecter, c'eft d'avoir trop bien démontré fon innocence.

Et qui pis eft, cela n'a ni ambition, ni defirs, ni énergie dans l'ame. Cela ne cherche point de places, point de penfions, point la faveur des Grands. Cela refte dans fon cabinet à écrivailler dès trois heures du matin : auffi c'eft une fabrique à Mémoires ; il vous inonde en vingt-quatre heures, & fes abominables *Réflexions* font enchaînées avec tant d'art, déguifées avec tant de fubtilité, que fi vous voulez le réfuter

ou

ou le condamner, il eſt impoſſible
de trouver un mot à reprendre : il
faut ſe contenter d'indiquer les pages, & laiſſer à la ſagacité du lecteur le ſoin de découvrir ce qu'il
peut y avoir de criminel. Je vous
dis que c'eſt un monſtre indompta-
ble : il n'y a que la continuité des
attaques qui pourra enfin nous faire
trouver ſon côté foible. Je crois
pourtant que nous y touchons, pour
peu que vous vouliez nous aider.

M. P.

De quoi s'agit-il ?

L'A. M.

Nous aurions bien des Arrêtés d'A-
vocats contre lui, & je me flatte que
nous en aurons avec le temps. Mais
Paſcal dans le ſien diſoit aux *Jéſuites*,
qu'il étoit plus aiſé de trouver des
Moines que des raiſons. Ce cauſtique
& audacieux Perſonnage ne manque-
roit pas d'en dire autant. Il faut lui
porter un coup qu'il ne puiſſe ni pa-
rer, ni guérir : il faut lui détacher une
brochure courte & ſanglante, qui
ſoit

foit dévorée par les femmes, que les hommes qui fe piquent de fça-voir un peu lire, puiffent bégayer dans les cercles, qui foit prônée, annoncée comme un chef-d'œuvre de plaifanterie. . . . .

M. P.

Mais, Monfieur, vous le favez bien ; j'ai le malheur de n'être pas plaifant.

L'A. M.

Eh bien ! Eft-ce que nous le fom-mes, nous autres ? Eft-ce que l'Abbé *Roub...* n'eft pas le plus plat railleur qui ait jamais exifté ? En a-t-il moins été comparé par Frere *Dup..* *à Pafcal ?* Ses *Lettres au Chevalier Zanoby* dont le plus leger badinage, porte fur une *garde-robe* *, fur un Marquis *d'une bonne pâte qu'on paitrit entre les doigts*, & qu'on pro-pofe *d'accoupler avec un Jéfuite* **, n'ont-elles pas été mifes au-deffus des *Provinciales ?*

* Pag. 52.   ** Pag. 3 & 4.

En

En dernier lieu n'avons-nous pas versé des larmes de joie & d'admiration, quand Frere *Mirab*.... nous a dit en sanglottant que le systême du Docteur *Quef*... étoit une *flammêche du flambeau de Prométhée* *; *qu'on ne pouvoit rien ajouter sans doute à cet arc-en-ciel radieux de morale religieuse ; mais que le point essentiel étoit de le fixer sur la terre ; que c'est ce qu'a fait notre Maître, en faisant sortir du sein de la mere commune la base de ce brillant édifice, désormais fondé sur le produit net* ** ? Concevez-vous quelque chose à cette éloquence sublime ? Distinguez-vous si l'auteur a voulu rire ou parler sérieusement ? Oseriez-vous cependant hésiter seulement à reconnoître qu'il n'y a jamais rien eu de plus beau ?

Dans le fonds est-ce qu'il y a un goût réel dans le monde ? Est-ce

---

* Voy. l'Eloge, t. 1. des Ephémérides, p. 204.
** Voyez l'Eloge, pages 205 & 206.

qu'on

qu'on peut trouver des connoiffan-
ces hors la *Doctrine?* Eft-ce que la
beauté d'un ouvrage ne confifte pas,
comme le porte l'épigraphe des
Ephémérides, à renfermer nos principes, fa *honte* à les combattre, fon
utilité à valoir nos fuffrages à l'auteur?

Vraiment la plaifanterie ! elle eft
le partage de nos adverfaires, c'eft-
à-dire, des fots qui vont tout feuls.
C'eft comme le piftolet qui eft la reffource des voyageurs ifolés : mais
pour nous qui marchons en troupes,
il ne nous faut que du canon, des
pieces lourdes, maffives. Vous n'en
trouverez pas d'autres dans nos ar-
fenaux.

M. P.

A ce propos, Monfieur, pardon
fi je vous interromps. Quoique je
n'aie ni les oreilles, ni les talens
du héros de la *Dunciade*, j'entends
cependant prefqu'auffi bien que lui.
Depuis quelque temps on me parle
fouvent de la contradiction qui fe

trouve

trouve à cet égard entre nos principes & notre conduite. *Linguet*, entr'autres, assure hautement que, tandis que vous prêchez la liberté, vous la lui enlevez ; que vous dites en public qu'il faut autoriser la discussion, & qu'en secret vous enchaînez sa plume. Il en cite des anecdotes fort singulieres : il faudroit détruire ces bruits-là, en lui donnant toutes les facilités. ....

L'A. M.

Allons donc : quoi vous voulez que nous mettions les armes à la main de nos ennemis ? Nous prêchons la liberté, sans doute ; mais c'est pour ceux qui pensent comme nous. La liberté ! c'est une fille du ciel. Voulez-vous qu'on la prostitue à des profânes qui la dénatureroient après l'avoir souillée ?

Nous avons bien de la peine à nous soutenir dans l'opinion publique, aujourd'hui même qu'un despotisme inflexible a subjugué toutes les presses, & qu'il n'en sort rien

qui

qui ne porte notre sceau, ou du moins notre attache : comment pourrions-nous résister au choc de la discussion libre & franche, sur-tout si ce malheureux fanatique-là étoit à la tête des combattans? Si nous lui laissions les droits que nous nous donnons, ce seroit *Hector* s'élançant sur les *Grecs* avec les armes d'*Achille*. Il culbuteroit nos bataillons, & où trouverions-nous l'ami de *Patrocle* pour nous venger?

M. P.

Mais il se plaindra ; tôt ou tard on réflechira sur cette injustice....

L'A. M.

Eh ! comment voulez-vous qu'il se plaigne ? D'abord si cela alloit à un certain point, nous savons bien ce qu'il y auroit à faire. Si je ne sais quelle idée de vertu, de douceur, n'avoit pas corrompu ce nouveau ministere-ci ; si nous avions été les maîtres d'endoctriner certaines gens, dont la tête n'est pas plus facile à subjuguer, que le cœur, &

qui

qui ne veulent pas entendre que la
probité d'un Miniſtre eſt différente
de celle d'un particulier, nous ferions déja tranquilles & vengés;
mais, ſuffit.

En attendant, que peut-il faire?
Il parlera! Que nous importe? Difcours en l'air. Sommes-nous muets
de notre côté? Il a deux amis, dix
amis, cent amis : nous ſommes un
million. Il ne connoît, lui, que
d'honnêtes gens : mauvais appui,
pauvre protection; cela gémit, cela
pleure, & finit par abandonner. Oh!
nous ſommes mieux ſervis, nous.

M. P.

Mais, il peut imprimer.

L'A. M.

Comment? chez l'Étranger? D'a-
bord cela n'eſt pas de ſon goût, nous
le ſçavons; il n'a encore de ſa vie
profité de cette faculté. Et puis, nous
ſommes maîtres des portes. Nos brochures inondoient la France lors
même qu'elles étoient, non pas prof-
crites, car on n'a jamais oſé aller
juſques-là

jufques-là envers nous , mais *défen-
dues* , c'eft-à-dire, débitées fecréte-
ment. Par-là nous avons connu toutes les iffues, pour l'entrée comme
pour la fortie ; après nous en être
fervis pour nous , aujourd'hui que
nous n'en avons plus befoin., nous
fçavons les fermer pour les autres.

M. P.

Qui l'empêchera d'imprimer en
France? Les Cenfeurs font d'honnêtes gens : il n'a qu'à s'en trouver un
impartial,

L'A. M.

Oh! nous y avons mis bon ordre:
ne vous embarraffez pas. Si l'on
préfente à la Police de la Librairie
un Manufcrit de lui, les mefures font
prifes, il nous fera apporté. Eh tenez,
(*il tire un Manufcrit de fa poche*)
voyez-vous ? en voilà déja un. C'eft
l'enfer que ce Livre là. La démonf-
tration y eft évidente. Il attaque nos
principes par la racine. Adieu la
fcience & le *produit net* , s'il avoit
paru.

D   M.

M. *Cad.* de *Senne.* qui en étoit Cenfeur, nous a avertis : nous nous en fommes emparés (10). *Linguet* a eu la bêtife de dire qu'il n'en avoit pas de minute, & pardieu pour celle-là il ne la reverra jamais. Nous ne la gardons que pour en lire de temps en temps, à d'honnêtes gens un peu bornés, quelques phrafes qui, étant féparées de ce qui les explique, les modifie, paroiffent dures, hazardées, & lui font des ennemis. Nous publions que c'eft un recueil d'injures, & de principes propres à *foulever le Peuple* ; nous affurons qu'il y prêche le *vol* & la *rébellion*, & nous difons, *il n'y a rien de fi sûr, car je l'ai dans ma poche.* Comment voulez-vous qu'il s'en tire ?

M. P.

Mais c'eft violer la propriété dont nous fommes de fi ardens défenfeurs. Il n'y en a pas, comme il l'a établi fi clairement lui-même dans les Mémoires pour *Luneau*, de plus facrée, que celle d'un Auteur fur fon ouvrage

vrage. C'est un vrai larcin que cette détention là ; elle est honteuse, si elle est le fruit de la crainte que l'Ouvrage vous inspire : elle est criminelle, si vous ne l'autorisez que pour nuire à l'Écrivain. Dans tous les cas c'est un vilain procédé, directement contraire à tous nos principes.

L'A. M.

Ta, ta, ta, ta, Voilà bien du bavardage pour rien. La propriété, la propriété ! il a bien imprimé qu'on pouvoit, en cas de besoin, violer celle de notre favori, du plus respectable des êtres, du seul respectable, du Laboureur, & prendre par force du bled dans les greniers pour sauver la vie à la canaille. D'après ce principe-là nous aurions pu aller prendre son livre dans son cabinet. Et qu'est-ce qu'il auroit eu à dire quand on se seroit présenté avec un Exempt, dix Archers & un ordre du Roi ? Nous lui avons sauvé ce scandale. Nous nous sommes contentés d'intercepter son Manuscrit

D 2 sans

fans éclat, dans les mains du Cenfeur. Pourquoi en a-t-il parlé? S'il
ne l'avoit pas dit, perfonne ne l'auroit fçu ; & comme vous favez,
faute cachée, n'eft pas une faute. Il
a voulu que cela devînt public ; tant-
pis pour lui. Nous avions autant befoin de fon manufcrit que fes faquins
de pauvres ont befoin de pain : nous
l'avons pris : nous le garderons. Y
a-t-il quelque réponfe à cela?

M. P.

Je n'en vois pas.

L'A. M.

Il n'y a pas jufqu'à fon *Journal*
qui ne foit à notre difcrétion. Sur fon
nom, fur les premiers numéros qui
ont paru, on y a couru comme au
feu : avec toutes nos reffources, avec
le courage intrépide des *Freres* à lire
ce que perfonne n'entend & ne re-
tient, nous n'avons jamais pu donner
mille Soufcripteurs à la *Gazette d'A-
griculture*, qui eft, à dire vrai, un
terrible ouvrage ; ni même aux *Éphémérides*, que nous venons de reffuf-
citer,

citer, & que je tremble qui n'aillent pas loin. En trois mois sa bêtise de *Politique & de Littérature* a eu cinq mille Souscripteurs & plus. Il triomphoit avec son Libraire. Nous avons rabattu ces fumées là ; nous avons défendu à ses Censeurs de lui passer les mots de *Bled*, de *Philosophie*, de *Liberté*, d'*Économie*, de *Science*, de *Doctrine*, de *Loix*, de *Maître*, de *Disciples*, de *Charrue*, d'*Académie*. Afin qu'ils ne les oublient pas, nous les avons fait graver en grosses lettres sur un tableau, qu'ils ont pendu dans leurs cabinets, comme on voit au Châtelet la liste des *Interdits*.

Pour plus de sûreté, je me fais encore apporter les feuilles que je relis moi-même, & je les châtre avec un plaisir, un délice.... Vous voyez bien qu'avec tant de soin, & une Langue aussi abrégée, ce Journal si vanté sera bientôt aussi plat que les *Ephémérides*, aussi sec que la..... On dira : Mais, il ne fait pas mieux

qu'un

qu'un autre. On ne nous lira pas davantage ; mais du moins on ne le lira pas non-plus , ce qui eſt eſſentiel.

M. P.

Je ne ſçais , tout cela me gêne , m'inquiete. Des progrès fondés ſur de ſemblables manœuvres , ſont-ils ſolides ? Eſt-ce ainſi que la vérité s'accroît & ſe provigne ? Lui ſied-il d'employer les armes de l'erreur ? N'eſt-ce pas là une véritable oppreſ-ſion ? Et pouvez-vous , au fond du cœur , vous applaudir d'une victoire que vous n'aurez remportée , que parce que vous aurez combattu con-tre des ennemis enchaînés ?

L'A. M.

Eh ! qu'importent dans le monde les moyens aux ſuccès ? Nous prê-chons la *vérité* , la *juſtice* , l'*évidence* , la *liberté* , la *bienfaiſance*. Eſt-ce que ces mots-là ſignifient quelque cho-ſe ? Ou plutôt ne ſignifient-ils pas tout ce qu'on veut ? Le grand point eſt de réuſſir , Monſieur ; quand le
vain-

vainqueur fe montre brillant au bout de la carriere, qui eft-ce qui penfe à ce qu'il a fait en la parcourant?

Croyez-moi, dans tout ce qui eft nouveau, la première génération crie, on gagne la feconde, & la troifieme eft fubjuguée. Confultez l'hiftoire, vous n'y verrez pas autre chofe. Que feroient devenus les Empires, les Sectes qui ont fait le plus de bruit fur la terre, fi leurs Fondateurs avoient cédé à vos petits fcrupules, s'ils avoient rougi de l'intrigue, craint de profiter de leur avantage?

Mais revenons à notre brochure. C'eft fur vous, mon cher fils, que l'Affemblée a jetté les yeux, pour vous confier cette befogne. Je ne voulois d'abord que de fimples extraits; mais outre que la répugnance que vous venez de montrer, pour ce travail, exige de votre part, fuivant nos maximes, une expiation, il n'y a que vous en ce moment-ci que l'on puiffe charger de l'ouvrage en-

D 4   tier:

tier : moi-même qui avois fongé d'abord à reprendre le *Cefte* pour donner comme *Entelle*, une leçon à ce préfomptueux *Darès*, je fuis accablé de foins & de travaux. Les emplois fe multiplient en raifon de ce que le temps & le pouvoir diminuent.

Il faut tout-à-l'heure que j'aille raccommoder enfemble M.... M^{de}... & Mlle... qui fe font brouillés en difputant pour fçavoir s'il n'y avoit pas des traces du *produit net* dans les *Economiques* de *Xénophon*, & fi les *Hyérogliphes d'Egypte* ne font pas le germe primitif du *Tableau Economique*. J'ai des épreuves à revoir, trois projets de finance à examiner, & un comité fecret auquel je ne puis manquer. Voilà de l'occupation par-deffus la tête. Il faut me foulager. Allons, la main à l'œuvre, je vous aiderai.

M. P.

Monfieur, le cœur me faigne de la violence que vous me faites. Ce fera

fera toujours une mauvaife befogne.

L'A. M.

Point de fynderefe. Voyons qu'eſt-
ce qui vous embarraſſe ?

M. P.

Tout.

L'A. M.

Enfantillage que cela. Tout &
rien en pareil cas, c'eſt la même
choſe. Je vais vous développer quelques idées qui vous donneront du
large.

D'abord mettez-vous bien dans la
tête qu'un Auteur qui a beaucoup
écrit, eſt toujours facile à turlupi-
ner, à prendre en contradiction. S'il
a écrit fur beaucoup de matieres, les
facilités augmentent. S'il a dit des
choſes nouvelles, s'il s'exprime avec
impétuoſité, ſi ſon ſtyle eſt animé,
elles deviennent prodigieuſes. En
général un bon livre offre à la critique précifément les mêmes reſ-
fources qu'un mauvais : il n'y a que
maniere de s'y prendre. C'eſt le bloc

D ;   de

de marbre dont un Sculpteur habile va également tirer *Vénus*, ou *Ther-site*. Quelle est la différence d'un Auteur que l'on admire à celui qui pourrit dans les magasins ?

M. P.

Mais c'est la progreffion des idées, la liaifon des raifonnemens, la force des preuves, la juftesse des méta-phores, avec l'art de les placer, la noblesse du ftyle, enfin ce mérite fi peu connu de flatter le cœur & l'oreille, en éclairant l'efprit.

L'A. M.

Vous avez raifon. Eh bien ! pour rapprocher un bon Ecrivain du Ri-val méprifable que perfonne ne lit, il ne faut donc que renverfer l'or-dre de fes idées, interrompre la chaîne de fes raifonnemens, fuppri-mer fes preuves, déplacer fes com-paraifons ; après cette opération, *Duro* .... & *Virgile*, *Arn*...... & *Jean-Jacques*, *Marmont*...... & *Voltaire*, fe trouveront égaux ; avec

cette

cette différence, que les premiers ce fera la nature qui les aura produits, au lieu que les seconds ne devront cette dégradation apparente qu'à l'art. Je vous révéle là un secret qu'il ne faut pas divulguer : il faut le réferver pour nous. Mais vous voyez combien il donne de commodité.

M. P.

Je l'avoue. Mais excufez ma gaucherie. Je fuis bien embarraffé pour le réduire en pratique.

L'A. M.

Voici comment vous en viendrez à bout. Fourrez-vous bien dans la cervelle que vous avez à établir trois chofes contre *Linguet* : 1°. Que fes principes font odieux. 2°. Que fes raifonnemens font abfurdes. 3°. Que fon ftyle eft ridicule. Après cela, ouvrez fes Livres, & laiffez aller votre plume, en fuivant les axiômes de critique que je viens de vous expofer.

M. P.

Mais comment faire? Là mettez

la

la main fur la confcience : vous fça-
vez bien qu'il n'y a pas un mot de
vrai dans tout cela. Ses principes
loin de le dévouer à la haîne du
genre humain, devroient lui en concilier la bienveillance. Le fuccès de
fes raifonnemens quand il a des Juges à convaincre, eft un grand préjugé en faveur de fa Logique Littéraire ; & quant à fon ftyle, comme
c'eft une chofe palpable, publique,
connue , que tout le monde peut
apprécier fur le champ , ce feroit fe
rendre ridicule foi-même , que d'en-
treprendre la tâche que vous me propofez. On n'y réufliroit pas, & on auroit la honte de l'avoir effayé.

L'A. M.

Vous ne vous tirerez donc jamais du cercle étroit où vous ram-
pez ! la *confcience :* je vous ai déjà
dit qu'il n'en étoit pas queftion chez
les Partifans de la *fcience.* Les Freres n'ont rien à démêler avec cette
étrangere-là. C'eft bien ce que je
compte développer tout au long
dans

dans notre Dictionnaire du Commerce, fi je le fais jamais. Je citerai pour garant Frere *Mirab....*, qui, en donnant pour bafe à la vraie Politique, le *produit net*, affirme que *la liberté active*, *l'équité diftributive*, *la charité fraternelle*, *l'unité de tous les intérêts enfin*, font les quatre vertus qui s'élevant fur ce bloc nourricier (du produit net), offrent à l'Eternel le tribut d'action de fa créature privilégiée *.

Trouvez-vous-là un mot de *Confcience* ? Non : il y a la *liberté active* : c'eft celle dont nous jouiffons, & en vertu de laquelle nous enchaînons nos Adverfaires, fans quoi elle ne feroit pas *active*. L'*équité diftributive* : c'eft celle qui nous engage à donner des récompenfes, des penfions, des places à nos amis, & aux autres des menaces, des châtimens, des Brochures. La *charité fraternelle*, celle qui nous fait aimer, fe-

* Voyez l'Eloge, page 206.

courir 3

courir, prôner les *Freres*, & haïr;
pourfuivre, perfécuter le refte des
hommes. *L'unité de tous les intérêts.*
Il n'en faut avoir qu'un, celui de la
fcience, du *produit net;* parce qu'il
renferme tous les autres, parce que
comme je vous l'ai déjà obfervé,
d'après Frere *Mirab. . . . . . ,* c'eft lui
qui procure *la fubfiftance aux enfans
des hommes, empêche qu'on ne la
leur raviffè, &c.*

Point de *confcience* dans tout cela:
vous êtes là-deffus d'une foibleffe
qui fait pitié. Je vais de même vous
dire deux mots du ftyle qui paroît
vous effrayer auffi.

Quelques Pédans incapables d'apprécier les *Ephémérides* & la *Phifio-
cratie*, de fentir combien des titres
Grecs de cette force doivent donner
de folidité, d'agrément à des Livres
François, fe font laiffés furprendre
aux faux brillans de notre ennemi. On
le lit avec une forte de plaifir; à caufe
de cela vous croyez qu'il eft impof-
fible de le rendre ridicule. Vous
allez

allez voir. A Livre ouvert, que tenez-vous là?

M. P.

Les *Lettres sur la Théorie.*

L'A. M.

Sur quelle page êtes-vous tombé?

M. P.

Sur la page 34.

L'A. M.

Qu'y lisez-vous?

M. P.

Quelque chose d'assez vigoureux sur la bassesse ou l'aveuglement des Gens de Lettres.

L'A. M.

Lisez donc ce beau passage là.

M. P.

Il faut remonter jusqu'à la page 32. (*Il lit.*)

« Il m'a toujours semblé qu'en
» examinant les constitutions hu-
» maines, les différentes manieres
» de gouverner & d'être gouver-
» nés, établies parmi les Hommes,
» les Ecrivains, sont tombés de tout
» temps dans une méprise funeste :
                              » elle

» elle naît chez eux , ou d'une pré-
» varication bien coupable , ou
» d'un aveuglement encore plus
» étonnant. Ils confidérent les Na-
» tions comme une Tulipe dont on
» n'eftime que la tête ; le pied qui
» les nourrit , la tige qui les fou-
» tient , n'ont aucun mérite aux
» yeux du Fleurifte. La multitude ,
» la foule d'hommes obfcurs qui
» forment vraiment la Nation, n'eft
» pas plus confidérée de tant de
» Gens qui fe donnent pour *Phi-*
» *lofophes ,* parce qu'ils fçavent, ou
» un peu parler , ou un peu écrire.

» Elle s'anéantit à leurs regards :
» ils ne daignent les fixer que fur
» le petit nombre qui jouit & dif-
» pofe des honneurs, de la fortune,
» de ce qu'on appelle la gloire.
» Voilà pourquoi de tous ceux qui
» ont examiné la conftitution la
» plus avantageufe d'un Gouverne-
» ment , aucun n'a daigné feule-
» ment parler de celui qu'il nous
» plaît d'appeller *Defpotifme ,* &
                                    » que

» que les Afiatiques confervent
» fans s'en plaindre , depuis un
» temps immémorial. On l'a tou-
» jours rejetté avec horreur ; &
» quand on a bien voulu en par-
» ler, on l'a fait de maniere à le
» repréfenter comme l'adminiftra-
» tion la plus barbare & la plus
» tyrannique. Les Grands, je l'a-
» voue , y font malheureux ; ils y
» reffemblent à ces *Cariatides* qui
» paroiffent plier fous le poids des
» édifices ; s'ils fervent à foutenir
» le Trône, ils en font quelquefois
» écrafés ; l'éclat qui en rejaillit fur
» eux, leur coûte prefque toujours
» cher : il n'y arrive aucune fecouf-
» fe , qu'ils ne la reffentent, & fou-
» vent qu'ils n'y périffent.

» Les Gens de Lettres dévoués
» à un Ordre qui fixe & nourrit
» l'illuftration du leur, n'ont été
» frappés que de fon aviliffement ,
» fous une adminiftration qui l'op-
» prime : ils ont donc profcrit le
» Gouvernement Afiatique : ils lui

» ont

» ont donné le nom odieux de *def-*
» *potifme* : ils en ont fait l'inftitu-
» tion la plus affreufe à laquelle les
» Hommes fe foient jamais foumis.
» On y voit de temps en temps
» des efclaves titrés & rampans,
» punis de leurs baffeffes par un
» Maître qui a quelque raifon d'en
» abufer : on les voit expier fur les
» dégrés du Trône, par les humi-
» liations les plus profondes, fou-
» vent par une mort infàme, les
» infultes qu'ils fe font permis de
» faire au refte de la Nation : on
» en a conclu que rien n'étoit fi
» infortuné que cette Nation qui
» jouit de leur fupplice. Le fort
» trop jufte de quelques fcélérats
» diftingués, a fait déplorer celui
» de cette multitude d'Hommes
» contens & fatisfaits ; qui refpire
» l'air le plus pur ; qui vit dans la
» condition la plus douce ; qui ne
» redoute ni les impôts, ni les ca-
» prices d'un Maître éloigné, ni
» tous les appanages de la fervitu-
» de,

» de ; qui ne connoît enfin fes pré-
» tendus malheurs, que par les ré-
» cits ridicules des Etrangers ».

Monfieur, cela eft non - feulement fort, mais exact. J'ai eu , je
vous l'avoue, la curiofité de vérifier les récits des Voyageurs, & fur-
tout de *Chardin* dont *Linguet* s'ap-
puie partout, & voici ce que dit ce
Marchand-Philofophe ; après avoir
parlé, Tom. 6, Chap. 2, des exé-
cutions fanglantes dont la Cour de
Perfe eft fouvent le théâtre ; il
ajoute, page 19, « ce que je viens
» de dire que le *Roi de Perfe* fait
» ôter les biens & la vie à fes Su-
» jets, fur le moindre caprice, doit
» s'entendre *feulement* à l'égard des
» *Grands* de fa Cour, & plus par-
» ticulierement de fes *favoris*, &
» fes *mignons*. Parce qu'autant que
» parmi les Gens de ce rang, il
» arrive fouvent des aventures tout-
» à-fait cruelles & fanglantes, *au-*
» *tant en arrive - t - il peu parmi le*
» *commun du Peuple*, le caprice
» du

» du *Souverain* ne s'étendant pas
» jufques-là ». Et à la page 24 du
même Volume, il termine ce Chapitre par cette réflexion-ci.

« C'eſt autant en *Perſe* qu'en au-
» cun autre Pays du Monde, que
» la condition des *Grands* eſt la
» plus expoſée, & celle dont le
» ſort eſt le plus incertain, & ſou-
» vent le plus funeſte; comme au
» contraire, la condition du *Peu-*
» *ple* y eſt *beaucoup plus aſſurée,*
» *& plus douce, qu'en divers Etats*
» *Chrétiens* ». Vous voyez qu'en
cela Chardin eſt parfaitement d'ac-
cord avec *Linguet*, & que ſi celui-ci s'eſt trompé, il a du moins
une autorité qui l'excuſe.

L'A. M.

Eh ! qui diable vous avoit dit de
lire *Chardin?* Vous faites toujours
tout à contre-ſens. Eh bien ! pour
votre peine reliſez-le encore jufqu'à ce que vous y ayez trouvé des
paſſages qui diſent, ou ſemblent dire
le contraire (11) : mais ce n'eſt pas de
faits

faits qu'il s'agit ici. C'eſt du ſtyle de *Linguet :* prenez votre plume & vous allez voir ce qu'il deviendra.

Suppoſons que vous copiez dans votre Brochure ſous la dictée de quelqu'un , de moi, par exemple , tout ce fatras que vous venez de lire. Vous mettrez en lettres italiques, en citant la page 34 des *Lettres ſur la Théorie* , qu'on y lit que *ce ſont les Gens de Lettres* QUI *ont proſcrit le Gouvernement Aſiatique ,* QUI *lui ont donné le nom odieux de Deſpotiſme , &* QUI *en ont fait une inſtitution affreuſe , parce* QU'ILS *ſont dévoués à un Ordre* QUI *fixe &* QUI *nourrit l'illuſtration du leur ,* (C'EST-A-DIRE AUX GRANDS) *&* QU'ILS *n'ont été frappés* QUE *de ſon aviliſſement* (DE L'ORDRE DES GRANDS) *ſous une adminiſtration* QUI *l'opprime* *.

Voyez-vous comme cela eſt ré-

* Voyez la Théorie du Paradoxe, page 38.

duit ,

duit, comme ce Géant apparent devient fous votre plume un Pig-mée imperceptible ; fentez - vous tout l'art de cette interverfion des idées, de ces *qui, que, qui* rendent le difcours traînant, de ces Com-mentaires interpolés, *c'eft-à-dire aux Grands, à l'Ordre des Grands ?* Les trois quarts des Lecteurs, & peut-être tous, croiront de bonne-foi, que c'eft le paffage littéral ; ils s'é-crieront, pardieu, voilà un pitoya-ble Ecrivain. Comment a - t - il pu nous faire illufion un moment? Il eft honteux d'en avoir été dupes fi long-temps. Cette réflexion amenera l'humeur, & on le haïra davantage pour fe venger d'avoir été trompé par lui.

Encore un exemple dans le mê-me genre. Allez plus loin. A quelle page êtes-vous de ces Lettres fur la Théorie ?

M. P.

A la page 108.

L'A.

L'A. M.

De quoi y eſt-il queſtion ?

M. P.

De la liberté *angloiſe* , comparée
à celle de l'*Aſie* , pour le *peuple* ;
du danger que courent les oppreſ-
ſeurs ſous l'une & l'autre de ces ad-
miniſtrations.

L'A. M.

Ah ! bon : cela eſt excellent à
traveſtir. Liſez ſon paſſage.

M. P. *Lit.*

« En *Angleterre* , de même que
» dans les pays où les Citoyens
» n'ont point d'autre ſauve-garde
» que les formes, il n'y a point de
» *Grand* qui ne puiſſe vexer, dé-
» pouiller impunément un *petit.*
» Tout ce que celui-ci peut eſpérer,
» s'il eſt aidé par d'heureuſes cir-
» conſtances , c'eſt la reſtitution ;
» mais combien de tems, de peines,
» de ſoins & de dépenſes pour l'ob-
» tenir ! & s'il eſt pauvre, qui fera
» pour lui les avances ?

» A quel danger s'expoſe le ra-
» viſſeur

» viffeur, dans le cas même où l'op-
» primé réuffit ? Tout au plus à ce-
» lui de rendre fa proie. Il a dans
» tous les cas le plus grand intérêt
» à commencer à s'en emparer avec
» violence ; & il y a cinquante pro-
» babilités contre une, qu'il ne fera
» pas obligé de s'en deffaifir.

» En *Afie*, au contraire, le *grand*
» oppreffeur court rifque de fa tête:
» un *Firman* qui ne coute rien, rendu
» fur une *Requête* qui ne coute que
» le prix du papier fur lequel on
» l'écrit, & la peine de la préfenter,
» peuvent le faire étrangler à la pre-
» miere injuftice. La liberté eft donc
» mieux affurée en *Afie* qu'en *An-*
» *gleterre*.

» Dans cette Ifle, dit-on, on a
» le Parlement, les Compagnies,
» &c. Quels foibles garants de la *li-*
» *berté*, ou plutôt de la tranquillité
» commune ! Les Compagnies font
» toujours plus faciles à corrompre
» même que les particuliers. Il y a
» plus de reffource dans la juftice
» prompte

» prompte d'un *Bacha*, que dans la
» bonne volonté lente d'un *Corps*,
» & il n'y a point de comparaison
» entre les injustices dont un corps
» est capable, & celles qu'un parti-
» culier peut se permettre : celui-ci
» craint un châtiment, & l'autre est
» toujours sûr de l'impunité (12).

» En deux mots : par tout pays,
» pour violer une Loi, il ne faut
» qu'un moment. Plus vous accu-
» mulez de formes, & plus vous fa-
» vorisez le crime, puisqu'elles ne
» sont point un obstacle pour celui
» qui le commet, & qu'elles n'en-
» chaînent que celui qui en de-
» mande la réparation. Ce peu de
» mots tranche toutes difficultés,
» & prouve, sans replique, com-
» bien la politique Orientale est su-
» périeure à celle d'Angleterre.

» Mais enfin, dira-t-on, on y ob-
» tient pourtant vengeance, même
» des Ministres : jettez les yeux sur
» l'affaire de ce célebre Wilkes :
» voyez-le triomphant des favoris

E   » du

» du Prince ; arrachant, par le fe-
» cours de la Nation, un Arrêt flé-
» triffant contre les dépofitaires de
» l'autorité Royale ; défendant avec
» intrépidité le pouvoir des Loix,
» du fond d'un cachot où il ne s'étoit
» renfermé que par refpect pour
» elles, & fortant de fa prifon cou-
» vert de gloire, avec la même
» pompe dont on honoroit à Rome
» les vainqueurs des ennemis de
» l'État.

» Oui, je vois tout cela, & je
» n'en fuis pas plus ému. Je fuis
» bien loin de regarder comme des
» traits de liberté ces agitations con-
» vulfives qui n'annoncent qu'un
» délire licentieux. Je le fuis encore
» davantage, de refpecter cette po-
» pulace qui, pour témoigner fa re-
» connoiffance à fon prétendu ven-
» geur, n'en imagine point d'autre
» témoignage que de s'atteler à fon
» caroffe, & qui emprunte le plus
» violent fymptôme de l'efclavage,
» pour défigner ce qu'elle croit l'Ac-

» te

» te le plus vigoureux d'indépen-
» dance. Je ne veux pas non plus
» creuſer les vues, les principes, les
» intérêts de M. Wilkes & de ſes
» partiſans. Je me borne à une ſim-
» ple conſidération.

   » Cette hiſtoire regardée en Eu-
» rope comme un des plus brillans
» monumens de la liberté Angloiſe,
» eſt à mon gré, une des plus fortes
» preuves de la ſervitude, qui flétrit
» dans cette Iſle les corps & les eſ-
» prits, de l'aveuglement incroyable
» dont ſont frappés ces prétendus
» penſeurs ſi clair-voyans. A quelle
» peine a été condamné le Miniſtre
» prévaricateur ? à une amende de
» quatre mille guinées. Qu'en reſul-
» te-t-il ? Que quiconque ſeroit aſſez
» riche pour ſacrifier cette ſomme à
» ſes plaiſirs, & qui feroit conſiſter
» ſes plaiſirs à attenter à la perſonne
» d'un Citoyen, doit choiſir l'An-
» gleterre par préférence pour y
» fixer ſa demeure. Voilà dans cette
» Iſle le tarif d'un excès de cette

E 2   » na-

» nature. Un homme qui aura cent
» mille guinées à dépenſer par an ,
» peut donc y commettre, ſans in-
» quiétude, au moins vingt-cinq in-
» juſtices. Et ſi au milieu de ces co-
» loſſes d'argent que le deſpotiſme
» du commerce multiplie à Londres,
» il s'en trouvoit un qui eût accu-
» mulé aſſez d'eſpeces pour avoir au-
» tant de quatre mille guinées qu'il
» y a d'êtres dans la Nation, il pour-
» roit en toute ſûreté, & avec la
» protection des Loix, faire mettre
» cette moitié en priſon par l'autre,
» qui ne ſeroit plus compoſée que
» de ſes geoliers, tranchons le mot,
» de ſes eſclaves.

» Cette idée peut aller bien loin.
» Tous les Anglois, ſans doute, ne
» s'eſtiment pas autant que M. Wil-
» kes : tous ne ſe flattent pas de va-
» loir quatre mille guinées ; leur
» liberté perſonnelle ; leur droit de
» reſpirer l'air ne dépend donc pré-
» ciſément que de l'évaluation qu'on
» fera de leur individu , & quicon-
» que

» que auroit le malheur parmi eux
» de n'être apprécié que vingt fche-
» lings, courroit tous les jours de
» fa vie, le rifque d'être emprifonné
» pour deux bouteilles de vin de
» Champagne. Je ne fçais s'il y a
» une réflexion plus accablante &
» plus affreufe.

» En général, rien de fi dange-
» reux en politique que de compofer
» avec le crime, & d'y mettre un
» prix. C'eft avertir quiconque veut
» devenir coupable, de commencer
» par s'affurer de la fomme qui doit
» l'abfoudre : c'eft par conféquent
» fapper le fondement, on ne dit
» pas de la liberté, mais de la
» fociété même. Plus de repos, plus
» de confiance, plus de fûreté dans
» tout pays où mon exiftence dépend
» de l'argent qu'aura mon ennemi,
» & où il faut que j'effuie tous fes
» caprices à l'inftant où il débour-
» fera la fomme à laquelle ils font
» fixés.

E 3 » Il

» Il est clair que si Milord H.
» étoit innocent, il méritoit des élo-
» ges, & la reconnoissance de la
» Nation, pour avoir fait arrêter un
» satyrique obscur, que l'ardeur de
» jouer un rôle emportoit aux der-
» niers excès. S'il étoit coupable
» comme ayant injustement violé les
» droits de la liberté, il falloit qu'il
» les scellât de son sang, & que sa
» tête fût l'offrande posée en signe
» d'expiation sur les Autels de la
» Déesse ».

L'A. M.

Admirable ! écrivez donc, toujours en italique, que dans ces
LETTRES on lit aux pages 108,
109, 111, 112 & 113, qu'*en An-*
gleterre il n'y a pas de Grand qui ne
puisse vexer, dépouiller impunément
un petit. Que le ravisseur n'y est ex-
posé à aucun danger, & tout au plus
à celui de rendre sa proie ; que dans
tous les cas il a le plus grand intérêt
à commencer à s'en emparer avec vio-
lence, & qu'il y a cinquante probabi-
lites

lités contre une, qu'il ne sera pas obligé de s'en dessaisir.

Qu'une *des plus fortes preuves de la servitude qui flétrit*, en Angleterre, *les corps & les esprits*, EST CE QUI EST AR-RIVÉ A M. H. MINISTRE & SECRE-TAIRE D'ÉTAT, *condamné à quatre mille guinées d'amende*, (QUATRE-VINGT-SEIZE MILLE LIVRES) *dans l'af-faire du célebre Wilkes ; car il résulte de cet exemple, que quiconque est assez riche pour sacrifier cette somme à ses plaisirs, doit choisir l'Angleterre par préférence, pour y fixer sa demeure. Car s'il a cent mille guinées à dépenser par an, il pourra commettre sans in-quiétude, au moins vingt-cinq injus-tices,* (C'EST-A-DIRE, SELON M. L. SE DONNER VINGT-CINQ PLAISIRS), & *s'il avoit autant de cent mille gui-nées qu'il y a d'êtres dans sa Nation, il pourroit faire mettre une moitié de sa Nation en prison par l'autre,* (CE QUI SEROIT SEIZE MILLIARDS DE PLAI-SIRS, A SUPPOSER EN ANGLETERRE HUIT MILLIONS D'HABITANS, ET

E 4   CHA-

CHAQUE PLAISIR LUI COUTANT QUA-
TRE MILLE GUINÉES, COMME A MYL.
H.) *Que cette idée peut aller loin,
puisque tous les Anglois n'estimant
pas leur liberté personnelle quatre
mille guinées, ceux dont elle ne seroit
appréciée que vingt schelings, cour-
roient tous les jours de leur vie, ris-
que d'être emprisonnés pour deux bouteilles de vin de Champagne,* (ICI LES
PLAISIRS NE PEUVENT PLUS SE CAL-
CULER) *& qu'il n'y a point de réflexion
plus accablante & plus affreuse* *.

Eh bien ! croyez-vous que quelqu'un puisse tenir à cela ? Vous at-
tendiez-vous à cette énumération
des vingt-cinq plaisirs, au calcul des
*seize milliards de plaisirs, en suppo-
sant chaque plaisir à quatre mille guinées ;* à cette réflexion froide &
plaisante, *ici les plaisirs ne peuvent
plus se calculer ?* Est-ce que cela ne
vaut pas bien toutes les *pantalonades*

---

* Voyez la Théorie du Paradoxe, pages 32,
33 & 34.

de

de *Pafcal* ? Et croyez-vous qu'il y ait dans le monde une tête qui ré-fifte à la magie de cette décompofi-tion-là ?

M. P.

Mais vous renvoyez aux pages de l'original : on lira : on confron-tera : on s'indignera

L'A. M.

Non, Monfieur ; on ne lira point ; on ne confrontera point ; on ne s'indi-gnera point : on applaudira. Le mon-de, dans cette difpute comme dans toutes les autres, eft divifé en trois claffes ; les gens qui aiment *Linguet*, le nombre en eft petit ; ceux qui le haiffent, il eft immenfe ; & les in-différens qui font le refte. Les pre-miers font d'honnêtes gens ; ils fe tai-ront en foupirant. Je vous l'ai déjà dit, c'eft toujours leur rôle quand on opprime quelqu'un d'eux. Les feconds crieront *bravo*, comme des perdus. Les troifiemes pour qui la foule eft toujours une raifon déci-five, fe rangeront de notre côté, &

E 5   il

il fera clair comme le jour, d'après votre copie, que jamais on n'a écrit auffi pitoyablement.

M. P.

Vous m'éclairez. Je vois une poffibilité à tout cela qui ne m'avoit pas encore frappé. Vous pouvez évidemment défigurer fon ftyle, le faire paffer pour un Écrivain très-plat, très-ridicule, dès que ce n'eft plus avec le fien qu'il paroîtra ; mais avec le vôtre. Il s'ouvre à mes yeux une vafte carriere, & une critique toute nouvelle dont je n'avois pas d'idée.

L'A. M.

Oh ! je vous en apprendrois bien d'autres : paffons à fes raifonnemens. Comment vous y prendriez - vous pour mordre là-deffus ?

M. P.

J'y ferois fort embarraffé. Sa logique eft vigoureufe ; il procede avec méthode ; s'il y avoit quelque reproche à lui faire, ce ne feroit que d'appuyer trop fur les preuves, comme s'il fe défioit de la fagacité de fes

Lec-

Lecteurs, ce qui pourtant eſt par-
donnable, comme il l'a dit lui-même,
quand on préſente en politique &
en morale des vérités nouvelles.

L'A. M.

Bon ! le fonds ici eſt encore plus
facile à traveſtir que la forme. Il nous
a fallu quelque eſpéce de travail pour
refaire ſes paſſages, pour les rendre
bêtes & plats : mais pour les éner-
ver, pour en faire évanouïr la force,
les preuves, il y a bien moins de fa-
tigue. Vous n'avez qu'à les ſupprimer, ces preuves : mettez les objections à la place des réponſes. Sup-
poſez qu'il n'a avancé que la propo-
ſition ſans l'appuyer ; choiſiſſez les
plus extraordinaires, celles qui cho-
quent le plus la maniere commune
de penſer ; celles qui peuvent lui
faire le plus d'ennemis vivans, & ré-
volter plus de petits eſprits ſur l'éti-
quette ſeule. Étendez la main, prenez au hazard un de ces répertoires
de fadaiſes. Qu'eſt-ce que c'eſt ?

E 6   M. P.

M. P.

La *Réponse aux Docteurs moder-*
nes, premiere partie.

L'A M.

Ouvrez. A quelle page?

M. P.

La page 150 : c'est un chapi-
tre où il se justifie du goût des *Pa-*
radoxes qu'on lui impute. Il prouve
que ses écrits n'en renferment pas,
à beaucoup près ; mais que ceux de
ses Adversaires en contiennent de
très-dangereux, & de très-ridicules ;
il cite la page 692, du tome 6, de
l'*Encyclopédie*, article *Fief*, où on
lit que sous la *premiere race, on ne*
connoissoit point cet INJUSTE DROIT
D'AINESSE ; *que la Couronne se parta-*
geoit entre les freres.

Et l'article *farine*, du même Dictionnaire, où l'on regarde le pain
béni comme une taxe de quatre millions en pure perte, à la charge du
Royaume.

L'A. M.

Passez, passez : ce n'est pas là la
page

page 150 : lifez ce qu'elle porte.

M. P.

Il rappelle un homme deshonoré fans raifon, l'Abbé de Cav.... Il prouve que cet Abbé n'a pas fait l'apologie *de la Saint-Barthelemy* ; qu'il a parlé de cette affreufe barbarie, comme tout homme honnête, tout bon Citoyen en doit parler.

L'A. M.

Eh bien ! cela eft vrai. Ne dit-il rien de plus ?

M. P.

Il obferve avec quelle injuftice les Philofophes font venus à bout, en fuppofant fauffement que cet Abbé avoit fait un Ouvrage fous ce titre, de le décrier fans retour dans l'opinion publique : il ajoute : « voulez-vous un exemple, préci- » fément dans le genre contraire? » Après avoir vu un nom injufte- » ment flétri, voulez-vous voir un » nom peut-être injuftement hono- » ré, & une vérité palpable pro-
» duite

» duite fous l'apparence la plus ré-
» voltante ? Vous connoiffez M.
» *d'Al...* il eft vénéré dans toute
» l'*Europe* pour fon profond fçavoir
» en *François*, en *Latin*, & furtout en
» *Geométrie.* Il eft de toutes les *Aca-*
» *démies.* Les Souverains fe font
» difputé l'honneur de le penfion-
» ner. C'eft un nouvel *Archimède,*
» un guide affuré dans les *Sciences*
» *exactes.* Il a de plus le mérite de
» tenir par l'alliance à *l'Evangile*
» *Économique.* Il eft un des génies
» bienfaifans, qui ont couvé l'œuf
» myftérieux de l'*Encyclopédie,* du-
» quel vous êtes tous éclos avec
» tant de fuccès, pour la gloire de
» l'humanité. Si l'on venoit dire au
» Public que ce célebre M. *d'Al..* ainfi
» remparé de fa réputation & de fes
» trophées, écrit fans goût en *Fran-*
» *çois,* qu'il rend très-mal le *Latin,*
» qu'il a fait des fautes énormes
» quand il a voulu parler des Élé-
» mens de Géométrie ; quels cris
» s'éleveroient tout d'un coup con-
» tre

» tre un pareil blasphême ! Quant
» au *François*, au *goût* & au *Latin*,
» on trouveroit peut - être encore
» quelques Approbateurs, qui con-
» viendroient tout bas du principe:
» mais en *Géométrie*, en *Mathéma-*
» *tiques*, contester à M. *d'Al...* la su-
» périorité, c'est le plus absurde, le
» plus révoltant *Paradoxe* que l'on
» ait jamais hazardé. J'en conviens :
» mais ayez la patience de parcou-
» rir un certain cinquiéme volume
» de *mélanges* composé, comme les
» quatre précédens, de beaucoup de
» petits ouvrages isolés, détachés les
» uns des autres, & qui n'ont pas dû
» donner grande peine à leur Au-
» teur. Allez jusqu'à la page 205,
» au commencement d'un Traité,
» intitulé: *Eclaircissemens sur les Élé-*
» *mens de Philosophie* ; trois mots
» qui imposoient à l'Auteur une obli-
» gation plus stricte d'être clair, con-
» féquent, & de ne pas choquer les
» principes élémentaires, tant de
» la Géométrie que du bon sens.

» A

» A cette page 2ó5, vous verrez
» ce Philofophe admirable, cette
» lumiere des *Sciences abſtraites*,
» propofer de réformer la définition
» vulgaire de la *ligne droite*. Le peu-
» ple des *Géométres* l'appelle *la li-*
» *gne la plus courte entre deux Points*
» *donnés*. Rien ne paroît plus faux
» aux yeux créateurs de M. *d'Al...* il
» s'écrie : *Eh ! d'où fçait-on que d'un*
» *feul point à un autre, il n'y a qu'un*
» *feul chemin qui* SOIT LE PLUS
» COURT ? *Pourquoi ne pourroit-il*
» *pas y en avoir plufieurs*, tous
» DIFFÉRENS, *tous* ÉGAUX, & *tous*
» LES PLUS COURTS ? Je voudrois
» bien qu'il prît la peine de m'ex-
» pliquer, 1°. comment une chofe
» peut être *égale* à la fois à une au-
» tre, & plus *courte* ? 2°. Comment
» plufieurs objets peuvent être
» enfemble plus courts les uns que
» les autres ? Aux yeux ordinaires, il
» femble que l'égalité dans le pre-
» mier cas exclut la différence ; &
» dans le fecond, que l'adverbe *plus*
» ex-

» exclut l'égalité. Certainement, fi
» A eft égal à B, il n'eft pas plus
» court. Il y a dans les écrits des
» *Philofophes*, & même des *Géo-*
» *métres* modernes, beaucoup d'ab-
» furdités; mais fans contredit, la
» plus abfurde de toutes, l'eft un
» peu plus que celles qui le font
» moins. Il n'y a pas d'enfant qui ne
» fe mît à rire au nez du grave Doc-
» teur qui viendroit lui dire avec un
» jargon mathématique, en lui don-
» nant deux oranges, qu'elles font
» égales, & que cependant il y en
» a une des deux qui eft plus petite :
» Voilà pourtant ce que M. d'Al...
» a férieufement annoncé au Pu-
» blic; & ne croyez pas qu'il ait fallu
» fouiller bien loin pour trouver cet
» exemple ; c'eft le hazard qui me
» l'a fourni. Il s'en préfenteroit des
» milliers à une main qui les cher-
» cheroit ».

L'A. M.

Bon ! excellent.

M. P.

M. P.

Il eſt vrai qu'il eſt difficile de ſauver l'abſurdité de ce paſſage-là ! Pardieu M. *d'Alemb*... ſe moque, de venir
dire d'un ton emphatique, qu'il va
réformer une définition claire, pour
y ſubſtituer une pareille queſtion.

L'A. M.

Eh bien ! écrivez, vous allez voir
comment cela va diſparoître : dites
en renvoyant à la page 150 de la
Réponſe aux Docteurs modernes,
& toujours en lettres italiques, que
Linguet a dit que *ce célebre M.
d'Alemb... écrit ſans goût en françois ; qu'il rend très-mal le latin ; &
que quand il a voulu parler des Elé-
mens de Géométrie, il a fait des
fautes énormes ; qu'il choque les principes élémentaires tant de la Géométrie que du bon ſens. . . . que ce Phi-
loſophe admirable, cette lumiere des
Sciences abſtraites, annonce ſérieuſe-
ment au Public, avec un jargon Mathématique,* DES CHOSES *pour leſ-
quelles il n'y a pas d'enfant qui ne*
ſe

se mît à rire au nez de ce grave Docteur ; qu'il ne faut pas fouiller bien loin pour trouver dans ses Ouvrages des exemples de ses hérésies en Géométrie ; qu'il s'en présenteroit des milliers à une main qui les chercheroit *.

Voyez-vous avec quel art l'absurdité du d'*Alemb*.... s'évanouit dans cette copie ? Il ne s'agit plus de *lignes égales* & *plus courtes*, de définition, de discussion, rien. *Il annonce sérieusement au Public, avec un jargon Mathématique,* DES CHOSES, &c. Qui ne croira pas que c'est là en effet la phrase de son Critique ? Qui ne se révoltera pas de penser qu'en attaquant un colosse de Géométrie avec tant de hardiesse, *Linguet* n'avoit pour toute arme qu'une pareille boule de neige. *Des choses !* Cela lui donnera l'air d'un enragé qui ne veut que mordre, sans seulement feindre de raisonner ; qui a comme la vipere, un besoin phy-

---

* Théorie du Paradoxe, p. 96.

sique

fique de répandre fon venin pour
foulager fes gencives. On s'écriera :
mais c'eft un vrai maniaque que cet
Auteur-là ; il faut l'enchaîner.

Et puis obfervez qu'ici nous lui
mettons férieufement dans la bouche, comme des affertions qu'il préfente à fes Lecteurs, les objections
qu'il fe fait à lui-même. Nous lui
faifons dire affirmativement que le
d'*Alemb.* . . . . . écrit *fans goût en*
françois, qu'il rend très-mal le latin ;
vous voyez bien qu'il n'a pas dit
cela : il obferve *que fi quelqu'un le*
difoit, on crieroit au paradoxe. Cependant, par la maniere dont nous
le copions, il fera conftant que c'eft
là précifément ce qu'il a avancé,
& qu'il l'a avancé dans un tiffu mai-
gre, fec, compofé uniquement d'injures, fans raifonnemens, fans preuves ; & voilà comme on arrange un
homme. Je vous dis qu'il n'y a rien
de plus facile : effayez feulement
dans ce goût-là, mon génie fera
avec vous. Si vous voulez, je vais
vous

vous laiffer mon manteau ; vous verrez ce qui en réfultera. Ah, ah, ah. (*Il rit de toutes fes forces.*)

M. P.

Il nous refte fes principes à traiter de même ; je prévois bien que vous n'y ferez pas plus embarraffé avec votre méthode.

L'A. M.

Oh! c'eft-là que nous triompherons : c'eft-là que la juftice, la vérité, l'évidence fe trouveront réunies avec un avantage dont vous ferez vous-même étonné.

M. P.

Mais vous m'avez avoué tout-à-l'heure qu'ils étoient fages, humains ; qu'ils tendoient à profcrire également l'abus du pouvoir & celui de l'indépendance.

L'A. M.

Bon! il s'agit bien de cela. Il faut les préfenter dans un jour qui les rende odieux & ridicules, & rien n'eft plus aifé. On croit qu'il a loué *Tibere, Néron* (13), les *Jéfuites*,

le

le gouvernement *Turc* ; il a en effet critiqué, non pas *Titus*, mais ſes Hiſtoriens(14), *Monteſquieu*, les *Anglois* ; il a élevé des doutes ſur la véridicité de *Tacite*, de *Suétone* ; il a dit que le *riz* valoit mieux que le *pain*. Ne ſentez-vous pas combien tout cela prête ?

M. P.

Mais prenez-y garde : en l'attaquant ſur toutes ces matieres-là, vous ne ſçauriez le fouetter ſi adroitement, que les coups ne s'étendent juſqu'à *Bodin*, qu'il a cité ; juſqu'à *Chardin*, qui eſt ſon garant ; juſqu'à M. de *Voltaire*, qui a, ou prévenu, ou adopté preſque tous ſes principes dans la *Philoſophie de l'Hiſtoire*, dans les *Queſtions ſur l'Encyclopédie*. M. de *Voltaire* a auſſi critiqué *Monteſquieu* & diſcuté la foi due aux anciens Hiſtoriens ; M. de *Voltaire* a auſſi loué le gouvernement *Turc* ; M. de *Voltaire* a dit auſſi que *Tibere* pourroit bien n'être pas un auſſi abominable homme que les

Ecri-

Ecrivains partiaux du temps l'ont prétendu ; M. de *Voltaire* pense aussi que ce qui caractérise *Tacite*, c'est une bile sombre & ingénieuse, plutôt qu'une exactitude délicate. Enfin M. de *Voltaire* a adopté jusqu'à l'opinion sur le *pain*. Il a fait un article exprès pour prouver, d'après *Linguet*, que les trois quarts des hommes n'en faisoient pas usage.

L'A. M.

Eh bien ! cela vous embarrasse ? Que vous êtes bête ! Est-ce qu'*un Poëte* n'a pas dit,

Et par où l'un périt, un autre est conservé ?

Est-ce que l'inverse de cette proposition n'est pas vraie? Nous n'avons pas d'intérêt à nous brouiller avec *Voltaire* : Que nous importent ses opinions ? C'est la perte de *Linguet* qui nous est essentielle ; ce n'est donc que chez lui qu'il faut les faire paroître criminelles, & encore une fois, sur le seul exposé, rien de plus

plus facile, puifqu'il a loué *Tibere*, *Néron* & les *Jéfuites* ; blâmé *Titus*, *Montefquieu* & Frere *Dup...*; cenfuré le gouvernement *Anglois*, & vanté l'adminiftration de l'*Afie*.

M. P.

Mais, Monfieur, je fais une réflexion bien chagrinante : ce *chien d'homme*-là, pour me fervir de vos termes, dans fes difcuffions philofophiques, a montré plus d'impartialité que de prévention ; il a balancé le bien & le mal, & rendu juftice à l'un & à l'autre ; il m'a paru que par-tout, ce que vous appellez des *louanges* & des *critiques*, ne font chez lui que l'expreffion d'un efprit fage qui examine, qui pefe ; d'un Rapporteur équitable qui inftruit à charge & à décharge, & non d'un Panégyrifte aveugle qui fe laiffe emporter au déréglement de fes organes ; il n'a été qu'impartial. Comment nous tirerons-nous de là !

L' A. M.

Bon ! nous lui en ferons un crime

de

de plus. Nous n'irons pas dire qu'il a inftruit à *charge* & à *décharge* ; c'eft un vilain terme de Palais qui fuppoferoit de bonnes intentions & un cœur droit : nous affurerons qu'il a écrit le *pour & le contre*, ce qui eft le terme de la bonne compagnie, & annonce un cœur pervers, fans principes, fans honneur : nous en trouverons la preuve dans ce bien & ce mal qu'il a dit fucceffivement des mêmes perfonnages.

Nous obferverons que s'il a vanté les vertus du *fils de Vefpafien*, & peint avec énergie les vices du *fucceffeur d'Augufte* ; s'il a dit que les *Jéfuites étoient dangereux* ; s'il a écrit *en plufieurs endroits de fes Ouvrages que Montefquieu étoit un trèsgrand génie*, c'étoit pour donner un paffeport aux éloges & aux cenfures qu'il vouloit fe permettre en fens inverfe ; que c'eft avec réflexion qu'il a foutenu ainfi les principes les plus oppofés, afin, quelque *opinion qu'on l'accufe d'avoir embraffée*,

F   *de*

de trouver toujours dans l'opinion
contraire, qu'il aura aussi defendue,
une justification toute prête.... & de
mettre ainsi ses Lecteurs dans une
grande perplexité, ou ses Critiques
dans un grand embarras *.

De-là il résultera qu'il n'a ni *loix*,
ni *principes*, ni *mœurs*, ni *délicatesse* (15); que c'est une ame affreuse
qui se joue de tout; qui n'écrit que
pour corrompre; qui ne parle que
pour déchirer; qui ne remue que
pour nuire : dès-lors il n'y a point
d'anecdote qu'on n'adopte avec avidité sur son compte, & nous en
nourrirons abondamment la malignité publique; & quoique sa morale soit pure; quoique sa vie soit
trop laborieuse pour être dérangée;
quoique ses écrits portent l'em-
preinte d'une ame honnête & vi-
goureuse; qu'il ait fait ses preuves de désintéressement; qu'il n'ait

---

* Théorie du Paradoxe, pages 132, 133 &
134.

ni

ni places, ni penſion ; qu'il n'ait jamais obtenu, ni ſollicité de graces; que l'état de ſa fortune prouve aſſez que ſes travaux ne l'ont point enrichi ; quoique ſes amis ſoutiennent qu'il a les mœurs douces, le caractere compatiſſant, le commerce ſûr; nous amenerons les choſes au point qu'on leur rira au nez (16) quand ils viendront tenir ce langage. Il paſſera pour un eſprit violent, pour un homme parjure, ambitieux, avide, emporté dans ſes écrits, dangereux dans la ſociété, capable de tous les excès, de toutes les baſſeſſes que peuvent produire dans un cœur dépravé par goût & par ſyſtême une nature flétrie, avec l'oubli abſolu de toutes les regles. Le pauvre diable berné, honni, conſpué de toutes parts, n'aura plus d'autre parti à prendre que de crever de déſeſpoir, ou de s'expatrier (17). Voilà le fruit que nous recueillerons tous de la brochure à laquelle vous allez travailler.

F 2   M. P.

124

M. P.

Mais vous avez sans doute un plan à ce sujet. Aidez-moi, je vous prie : j'ai la tête d'une sécheresse, d'une impuissance inexprimable. Quoique les clartés nouvelles que vous faites briller à mes yeux soient très-propres à m'échauffer, je me sens aussi froid, aussi languissant, que si je sortois d'une de nos *agapes* économiques.

L'A. M.

Je voudrois, Monsieur, que la brochure fût une parodie piquante de la *Théorie des Loix* ; que tout, jusqu'au titre, en fût sanglant. Je l'intitulerois *Théorie du Paradoxe*. Je supposerois que le Paradoxe est une invention nouvelle, *inconnue aux Romains & aux Grecs* *.

M. P.

Vous auriez tort. Ils avoient le mot & la chose, c'est-à-dire, l'art d'*instruire* ; car ce terme ne signi-

---

* Théorie du Paradoxe, page 3.

fie

fie que cela. *Ciceron* en a fait le titre d'un ouvrage moral. Il n'y a perſonne qui ne connoiſſe les *Paradoxa ad M. Brutum.*

L'A. M.

Perſonne ? Vous voilà toujours. Vous verrez que les femmes ſauront par cœur les *Paradoxa* de l'Orateur Romain, & que les hommes qui liſent la *Phiſiocratie*, la *Philoſophie Rurale*, les *Ephémérides*, iront feuilleter un vieux bouquin, comme Ciceron, pour nous donner un démenti.

Je dirois donc hardiment, parce que cela eſt plus plaiſant, que le paradoxe eſt une invention nouvelle : j'en ferois une partie eſſentielle de l'éloquence, qui complette la théorie de l'art de perſuader : je donnerois à ce mot le ſens que vous avez vu : je ſuppoſerois qu'il ſignifie une envie formée, décidée, de choquer en tout les opinions reçues; de célébrer le vice, & les monſtres qui s'y ſont livrés; d'avilir la vertu,

F 3 &

& les hommes qui l'ont pratiquée ;
parce que cela donne un air refpectable aux ennemis de *Linguet* &
peut déconcerter fes amis : j'aurois
l'air de dicter des leçons de cet art
à un jeune Néophite qu'il s'agiroit
d'y dreffer, & je tirerois tous mes
exemples des Ouvrages de *Linguet*
que je vanterois comme le plus
grand, & même le feul maître en
ce genre.

Pour cela je prendrois dans fes
livres tout ce qui étant ôté de fa
place, auroit un air ridicule, &
pourroit en prendre un odieux,
étant rapproché d'un autre paffage
choifi dans un autre livre, fur une
autre matiere, mais du même Auteur : je citerois dans la même page
la *Théorie des Loix*, la *Réponfe
aux Docteurs modernes*, les *Lettres
fur la Théorie*, l'*Hiftoire des Jéfuites*, la *Cacomonade*, les *Canaux
navigables*, le *Siecle d'Alexandre*,
l'*Hiftoire des Révolutions Romaines*,
celle *du feizieme fiecle*, le *Journal*
de

de Politique, &c. J'interromprois
même ces citations pour les inter-
caler les unes dans les autres : j'aurois foin de renverfer la marche des
idées, & en prenant un paffage, de
mettre le commencement à la fin,
& la fin au commencement, &c.
Vous fentez quelle cacophonie il
réfulteroit de ce mélange de morceaux difparates, tronqués, muti-
lés, brouillés avec cette induftrie
dont je vous ai déja donné des mo-
deles tout-à-l'heure.

J'aurois de plus grand foin de détacher toujours, comme je vous l'ai
dit, le raifonnement de la preuve,
l'objection de la réponfe, & fur-tout
de ne jamais raifonner (18); d'éner-
ver ce qui feroit fort; d'allonger ce
qui feroit court; d'abreger, comme
vous avez vu, ce qui feroit long:
je jetterois par-ci, par-là, comme
vous l'avez vu encore, avec un air
de négligence, des efpeces d'inter-
prétations qui fembleroient être du
texte, ou néceffaires pour l'éclair-

F 4   cir,

cir, & qui y produiroient ou une confusion inexprimable, ou une absurdité folle, ou un odieux ineffaçable. Que je vous en donne vîte un exemple. Ouvrez la Théorie des Loix : où en êtes-vous?

M. P.

Au premier chapitre du premier livre, page 167.

L'A. M.

Eh bien ! voyons-le tout entier.

M. P.

« La nature crie dans tous les
» cœurs, elle montre à tous les
» yeux que les hommes naissent li-
» bres & parfaitement égaux. Elle
» leur donne à tous indistinctement
» des bras pour se défendre, des
» sens pour prévoir les dangers, ou
» pour découvrir leur nourriture,
» des mains pour la saisir, des or-
» ganes pour perpétuer leur espece.
» Chaque individu jouit, sans la
» dépendance d'un autre, des se-
» cours nécessaires pour sa conser.
» vation physique. Excepté l'enfan-
» ce,

» ce, où la tendresse des meres est
» obligée chez nous, comme chez
» les autres animaux, de suppléer
» à la foiblesse des petits, il n'y a
» point sur la terre d'être plus ro-
» buste, plus vivace, plus facile à
» nourrir, plus exactement libre que
» l'homme supposé dans son état
» primitif. Sa destinée dans cet état
» seroit de naître sans liens, de vi-
» vre sans remords, & de mourir
» sans effroi.

» Il ne s'agit pas ici d'examiner
» s'il a bien ou mal fait d'en sortir,
» s'il auroit été le maître d'y rester,
» si l'on peut penser raisonnable-
» ment qu'il s'y soit jamais trouvé.
» La religion leve tous nos doutes
» à cet égard. Elle nous épargne des
» erreurs en nous interdisant les re-
» cherches. L'homme, après une
» courte jouissance des prérogatives
» pour lesquelles il étoit né, les a
» perdues par sa faute. Ce n'est plus
» que par l'imagination, & d'une
» maniere très-imparfaite, qu'il peut

F 5

» s'é-

» s'élever jufqu'à cet état heureux
» d'indépendance, qui devoit être
» la plus inaltérable & la plus pré-
» cieufe de fes poffeffions.

» Il n'y eft plus : il ne fauroit y
» rentrer. Les plaifirs, les befoins,
» les maladies, tous ces appanages
» funeftes de fa condition actuelle
» le retiennent dans la fociété de fes
» pareils, & le foumettent à toutes
» les efpeces de fujettions qu'elle
» produit. Il ne peut plus s'en écar-
» ter fans périr. Peut-être y trou-
» ve-t-il quelques reffources que fa
» fituation préfente lui rend nécef-
» faire : mais il les paie bien par
» le facrifice qu'il fait de fon inno-
» cence & de fa liberté.

» Dès qu'il ouvre les yeux, on
» le lie à cette chaîne immenfe
» qu'on appelle fociété. On fe hâte
» de l'y incorporer, fous prétexte
» qu'il en doit un jour compofer un
» des anneaux. On lui fait con-
» tracter des obligations qu'il ne
» peut encore ni connoître ni pra-
» ti-

» tiquer. C'eſt à ce prix qu'on lui
» aſſigne un rang ſur la terre qu'il
» arroſe déja de ſes larmes. Du fond
» de ſon berceau, où il eſt garot-
» té, ſes premiers regards tombent
» ſur des êtres ſemblables à lui,
» qui, tous chargés de fers, ſe féli-
» citent de voir un compagnon prêt
» à partager leur eſclavage.

» Il eſt vrai que l'habitude chan-
» ge dans la ſuite cette opération
» forcée en un attachement volon-
» taire. L'éducation vient étouffer
» la voix de la nature. Elle perfec-
» tionne le cœur & le maintien d'un
» enfant. Elle lui enſeigne à penſer,
» comme à mettre ſon chapeau ; à
» raiſonner, comme à placer les
» pieds en dehors. Elle lui apprend
» à eſtimer des choſes qui ſans elle
» n'inſpireroient ſouvent que de l'a-
» verſion. Il s'accoutume à ſuivre
» ſans répugnance des mouvemens
» qui ne ſont pas les ſiens ; à ſe laiſ-
» ſer emporter par une agitation gé-

F 6 » né-

» nérale à laquelle il n'a pas con-
» tribué.

» Quand même à l'âge où la rai-
» son se développe il feroit avec
» amertume quelques réflexions sur
» ce qu'il a perdu ; quand à l'aspect
» de cet attirail étranger qui ôte à
» l'homme policé une partie de ses
» forces réelles, sous prétexte de
» lui assurer l'usage de celles des
» autres, il lui prendroit envie de
» fuir dans la solitude, pour y cher-
» cher l'innocence & la liberté qui
» s'y cachent, il verroit bientôt l'im-
» possibilité de réaliser un tel pro-
» jet.

» Dès qu'il est seul tout lui re-
» trace sa foiblesse & sa misere. Il
» sent la nécessité de rester dans le
» troupeau, s'il ne veut être dévoré
» par les ennemis qui l'entourent.
» Inutilement diroit-il que les ber-
» gers même, à qui la garde des
» brebis est confiée, sont quelque-
» fois presque aussi redoutables pour
» elles

» elles que les loups dont ils doivent
» les défendre. Ce malheur eſt ſans
» remede, & c'eſt en vain qu'il tâche-
» roit de s'y ſouſtraire.

» Ses bras affoiblis, énervés par
» l'éducation ne peuvent plus le ga-
» rantir de la fureur des bêtes farou-
» ches. Ses mains amollies par les
» arts, ne peuvent plus le porter au
» haut des arbres pour y aller cher-
» cher la ſubſiſtance que la nature
» lui a préparée. Son corps dégradé
» par l'uſage de ſe vêtir eſt devenu
» ſenſible aux moindres injures de
» l'air. Le chaud le brûle, le froid
» le morfond, la pluie le pénétre,
» malgré les tiſſus artificiels dont il
» veut, en quelque ſorte, ſe faire
» une nouvelle peau. En travaillant
» à écarter de lui la douleur, il s'eſt
» aſſuré mille moyens d'en reſſentir
» l'impreſſion. Il s'eſt mis abſolu-
» ment hors d'état d'y réſiſter, &
» plus encore d'aller la braver.

» Son ame n'a pas ſouffert une
» moindre altération. Il n'eſt plus

ça pa-

» capable de supporter la solitude,
» ni de s'y suffire à lui-même. Il lui
» faut des appuis & des consolations.
» Il est devenu craintif & pusillani-
» me. Au lieu de jouir du présent
» qui est à lui, il ne fait que se dé-
» sespérer du passé qui ne lui appar-
» tient plus, & s'inquiéter de l'ave-
» nir dont il ne dispose pas encore.
» Les regrets le déchirent, la cu-
» riosité le tourmente. L'agitation
» qu'il éprouve le ramene au-
» près de ses semblables, par le
» moyen de qui il se flatte de la
» soulager.

» Il communique ses craintes &
» ses espérances. Il attend des se-
» cours : il en demande. Malgré l'ex-
» périence cruelle & réitérée qu'il
» fait tous les jours de l'insensibilité
» des prétendus amis qu'il sollicite,
» je ne sais quelle habitude aveugle
» l'enchaîne auprès d'eux. Il semble
» que la Société lui devienne né-
» cessaire en proportion des maux
» qu'elle lui cause. Il s'y attache à
» me-

» mesure que les raisons de la fuir
» deviennent plus pressantes, com-
» me dans un bâtiment qui croule,
» les malheureux entraînés par sa
» chûte, serrent avec plus de force
» en tombant les débris mêmes qui
» vont les écraser.

    » D'ailleurs où seroit aujourd'hui
» sa retraite ? En trouveroit-il une,
» quand il auroit assez de vigueur
» & de courage pour la desirer ?
» L'avarice & la violence ont usurpé
» la terre. Elles sont convenues de
» n'en accorder la possession qu'à
» ceux qui auroient pris leur attache.
» Il n'y reste pas le moindre recoin
» pour servir d'asyle à quiconque ne
» sauroit produire de patentes de
» ces deux tyrans.

    » Dans nos Pays policés , tous
» les élémens sont esclaves. Ils ont
» des Maîtres de qui il faut acheter
» la permission d'en faire usage. Le
» champ le plus inculte dépend d'un
» Despote qui peut faire un crime
» au voyageur d'oser y respirer l'air.
                » Voyez

» Voyez cette fource qui fe précipi-
» te en murmurant du haut d'une col-
» line: c'eſt qu'elle cherche à s'échap-
» per des mains du Propriétaire qui la
» tyrannife. A qui croyez-vous que
» font réfervées ces herbes bienfai-
» fantes dont la nature a tapiffé le
» pied des forêts ? A qui penfez-
» vous qu'appartiennent ces bran-
» ches pourries dont le vent a jon-
» ché la terre ? Ne vous imaginez
» pas qu'elles foient abandonnées
» au befoin qui les convoite de loin
» avec des yeux baignés de larmes.
» L'opulence l'écarte avec infulte.
» Les tentatives qu'il hafarde pour
» éluder fes précautions trouvent
» toujours des délateurs prêts à les
» dénoncer, & des vengeurs difpo-
» fés à les punir.

» C'eſt ainfi que toute la nature
» captive a ceffé d'offrir à fes en-
» fans des reffources faciles pour le
» foutien de leur vie. Il faut payer
» fes bienfaits par des fatigues affi-
» dues, & fes préfens par des tra-
                              » vaux

» vaux opiniâtres. Le riche qui s'en
» est attribué la possession exclusi-
» ve, ne consent qu'à ce prix à en
» remettre en commun la plus pe-
» tite portion. Pour être admis à par-
» tager ses trésors, il faut s'employer
» à les augmenter.

» Ses soupçons toujours dirigés
» contre le pauvre qu'il dépouille
» lui font regarder l'indépendance
» comme un attentat, & la liberté
» comme une révolte. Il dit hau-
» tement que le droit de penser
» n'appartient qu'à lui. Il s'applique
» à écraser continuellement l'indi-
» gence, de peur qu'en se relevant
» elle ne soit tentée de faire de ses
» forces un autre usage que celui
» qu'il en exige. Il imite envers elle
» la politique des Egyptiens avec les
» enfans de Jacob. Il la surcharge de
» travaux, pour lui ôter même le
» temps de songer à son infortune.
» Malheur à l'homme fier & ro-
» buste, qui dédaignant l'avilisse-
» ment de la Société, & consen-
» tant

» tant à ne rien tirer d'elle, iroit
» reprendre dans les lieux les plus
» fauvages l'ancienne dignité de fon
» efpéce. Il y feroit bientôt pour-
» fuivi par fes femblables mêmes qui
» fe font un jeu d'en aller maffacrer
» les habitans. Son fort le plus doux
» feroit de fe voir ramené comme
» une bête rare vers les Villes qu'il
» auroit fuies, d'y être expofé
» en fpectacle par l'avarice, & d'y
» fervir de jouet à la curiofité.

» Il faut donc renoncer à ces
» chiméres de liberté, d'indépen-
» dance. Il faut déformais conformer
» fa conduite aux principes des con-
» ventions civiles. C'eft une nécef-
» fité de fe mettre en état d'arriver à
» ce qu'on appelle, pour une partie
» des hommes *gagner fa vie*, & pour
» les autres, être quelque chofe dans
» le monde. C'en eft une de fe livrer
» à l'efprit d'intérêt, de fe réfoudre
» par le plus preffant de tous les
» motifs à combattre contre l'inté-
» rêt du refte des hommes animé par

» le

» le même principe, par le befoin
» de vivre, de s'habiller, de jouir de
» quelques-unes de ces diftractions
» paffageres qu'on honore du nom
» de plaifirs, ou de ces décorations
» onéreufes qui flattent l'orgueil.

    » De-là naiffent des projets op-
» pofés, des manœuvres fecrettes,
» des violences ouvertes. On ne
» fauroit entrer dans un feul che-
» min, qu'on ne s'y fente preffé
» entre une foule de concurrens,
» qui tous travaillent à s'en écarter
» les uns les autres. Il en réfulte-
» roit bientôt des combats fanglans,
» fi la politique ne venoit jetter en-
» tre les hommes *la juftice & les*
» *loix*, comme on fépare deux ef-
» fains acharnés, en leur lançant
» un peu d'eau & de poufiere ».

L'A. M.

Vous croyez-bien que fi les plus
furieux, les plus aveugles de nos
Partifans, venoient à avoir la révé-
lation d'un feul morceau, comme
celui-là, c'en feroit affez pour les
déta-

détacher à jamais de nous, & concilier leur bienveillance à cet abominable homme. Vîte, disséquons-le, fourrons-le dans notre digesteur.

Ecrivez qu'il a dit *que l'innocence & la liberté* (SANS DOUTE CELLES D'UN TAUREAU SAUVAGE) *se cachent dans la solitude de l'état sauvage ; mais qu'il est impossible à l'homme policé d'aller les y chercher, parce que l'avarice & la violence* (C'EST-A-DIRE LA PROPRIÉTÉ ET LES LOIX) *ont usurpé la terre, & qu'il n'y reste point le moindre recoin pour servir d'asyle à quiconque ne sauroit produire de patentes de ces deux tyrans* *.

Mettez cet excellent Résumé (19) *toujours* en lettres italiques, afin de persuader que c'est une copie littérale : & citez les pages 185, 187 & 188.

M. P.

Mais, prenez garde, vous vous trompez. Il faut au moins citer les pages justes, & il n'y a pas à celles-

---

* Voyez Théorie du Paradoxe, page 20.

là

là un mot de ce que vous venez de dire. Ce n'eſt qu'aux pages 173, 175 & 176, que l'on découvre quelques-uns des termes qu'il vous a plu de choiſir & de conſerver.

L'A. M.

Ecrivez toujours. C'eſt encore un coup de l'art. D'abord cela dépayſe les Lecteurs trop curieux, qui auroient la petiteſſe de vouloir vérifier. Ne trouvant pas à l'endroit indiqué le paſſage qu'ils chercheroient, mais n'oſant pas même ſoupçonner qu'on puiſſe avoir cité à faux, ils croiront que c'eſt une faute d'impreſſion dans le chiffre. Ils ſuppoſeront d'après les lettres italiques que le texte eſt juſte, & qu'il n'y a d'erreur que dans le numéro des pages. Les viſites, les affaires, les diſtractions, viendront, & on n'y penſera plus : il ne reſtera dans la tête que le Réſumé en lettres italiques, & la confrontation ſera ſauvée.

Mais il y a bien mieux, c'eſt que ſi *Linguet* ſe défend, il ne manquera

pas

pas de nous accuſer d'infidélité la-
deſſus. Il triomphera d'une mépriſe
matérielle auſſi palpable : il oubliera
de relever celle du ſens : cet avantage le diſtraira du reſte ; il s'appé-
ſentira à prouver que nous citons
mal, & nous dirons dans les cercles :
vous voyez bien comme il profite
d'une faute d'impreſſion. Quel fracas il fait pour la mépriſe méchani-
que d'un ouvrier ! C'eſt bien de cela
qu'il s'agit : c'eſt du fonds. Qu'importe à quelle page du livre ſe trouvent les citations, pourvu qu'elles
s'y trouvent ? & vous voyez bien
qu'il ne le nie pas. Alors ſes éclats ſur
l'erreur du manœuvre, paroîtront
de ſa part un artifice pour faire oublier le fond. Ne perdez pas de vue
cette ruſe-là, faites-en uſage le plus
ſouvent que vous pourrez, elle eſt
déciſive (20).

Obſervez encore toute la ma-
lice, tout l'art que contiennent les
deux interpolations, *ſans doute cel-*
les d'un taureau ſauvage, comme
cela

cela lui donne un air imbécille! Et
c'est-à-dire la propriété & les Loix,
données pour finonymes dans l'i-
diôme de cet Auteur, aux mots
avarice & violence, de forte que déformais en commentant fes Ouvrages dans les cercles, par - tout où
l'on verra qu'il déplore l'oppreffion
qui dépouille le pauvre par force, on
pourra dire, voyez comme l'infâme
fe joue des droits facrés de la propriété; & au contraire, par-tout où
il reclamera *les loix & la propriété*,
on s'écriera avec horreur, de quel
voile refpectable il ofe couvrir les
éloges qu'il donne à *l'avarice & à la
violence*: ainfi de façon ou d'autre,
c'eft un homme perdu, flétri dans
l'opinion publique.

M. P.

Mais encore une fois, Monfieur,
il fe défendra; il reclamera; il nous
couvrira de honte.

L'A. M.

Eh non, Monfieur, non, on ne fe
défend pas contre ces coups-là. Pre-
nez-

nez-y garde : ils se portent dans l'ombre. L'atôme qui est l'objet de tout ce manege, n'en est instruit que par l'arrivée du flot qui le submerge.

Il se défendra? quoi! par des livres? Je vous ai déja fait voir que nous avions pris nos précautions à cet égard : Mais quand il réussiroit à nous frauder, quand en dépit des Censeurs & de la Police, il trouveroit un Imprimeur assez hardi pour lui prêter son secours, qu'en arrivera-t-il ? Est-ce qu'on lit une justification? Est-ce qu'on en a le tems? Est-ce que les soupers, les bals, les intrigues, les conférences économiques, & la toilette ne rendent pas les boudoirs inaccessibles à ces lugubres apologies? Est-ce que ce n'est pas cependant dans ces chapelles sacrées de la philosophie & de l'amour que se décident les réputations & les affaires ?

Il se défendra ? Eh ! ne l'a-t-il pas déja fait? N'a-t-il pas prouvé qu'il n'a loué, ni *Tibere*, ni *Néron*, qu'il a
parlé

parlé de ces monftres avec l'horreur qu'ils méritent? N'a-t-il pas donné à la fuite de fes Lettres fur la *Théorie des Loix*, des extraits convaincans tirés de fes *Révolutions Romaines?* N'a-t-il pas réfuté dans fa *Réponfe aux Docteurs modernes*, tout ce que nous lui reprochons du goût pour le Paradoxe! Tous fes Ouvrages ne font-ils pas fa juftification complette, fi on vouloit prendre la peine de les apprécier (21)?

Mais je vous le répéte : on ne lit point, fur-tout une défenfe, & l'on a raifon : elle eft toujours ennuyeufe. Il faut des pages fans fin à la raifon pour s'établir avec tout fon bagage ; un mot fuffit pour fuppofer un tort : il en eft du moral comme du phyfique. En un inftant un coup de poignard va vous tuer un homme, ou du moins le mettre dans le plus grand danger : il faut des mois entiers de régime, de panfemens, de foins de toute efpéce pour le guérir (22).

Nous avons de bonne heure démêlé

G

démêlé cette grande vérité ; aussi
voyez-vous que nous n'avons jamais
eu la sottise de nous amuser à nous
défendre. Examinez notre conduite.
Nous sommes toujours aggresseurs.
Repousse-t-on le coup, nous le re-
portons de nouveau : jamais nous ne
parons. *Linguet* aura beau crier &
prouver qu'il n'a pas vanté le *Despotisme*, qu'il a soutenu la *Liberté* ;
que c'est dans nos écrits que se trouvent les Paradoxes les plus inhumains, & les plus contradictoires ;
nous soutiendrons toujours qu'il a
vanté le *Despotisme*, que sa tête &
son cœur ne sont fertiles qu'en *Paradoxes* dangereux ; cela nous dif-
pensera de répondre aux inculpations qu'il nous fait, parce que nous
aurons toujours l'air de lui en faire
à lui-même ; & voilà comme on
parvient à subjuguer le monde,
parce que le nombre des sots y do-
mine ; & qu'encore une fois, c'est-
là le seul secret avec lequel on leur
en impose.

Il

Il faut donc travailler à la hâte à notre Brochure. Indépendamment du fruit qui en reviendra à la Doctrine en général, il y en aura un personnel pour nous deux, outre la gloire dont nous allons être couverts dans l'assemblée des Freres, outre que ce sera le plus beau laurier dont on ornera un jour notre tombeau, & que quelque Cadet de notre Patriarche, chargé de notre Oraison Funebre, dira en larmoyant *que c'est à nous qu'on daigna remettre le soin d'annoncer aux humains la méthode infaillible & calculée d'être heureux & justes, & la Loi suprême de l'ordre naturel* *. L'homme ne vit pas seulement de pain. Un *Economiste* ne vit pas seulement de gloire, & je suis sur cet article *Economiste* en diable ; j'ai toujours tiré parti de mes libelles : il faut que celui-ci me vaille une demi-année de mon revenu. Il sera dévoré aux soupers, lu à toutes

---

* Voyez l'Eloge ci-dessus, page 199.

les

les toilettes. On en vendra vingt
mille Exemplaires en huit jours. A
trente fols piéce, tous frais déduits,
il reftera au moins quinze mille livres,
dont cinq pour vous & dix pour moi.

M. P.

Eft-ce bien là tout?

L'A. M.

Oui par ma foi : c'eft tout ce que
je puis faire pour vous. C'eft moi
qui ai donné le plan enfin : vous ne
ferez que des extraits qui ne vous
donneront pas grand-peine.

M. P.

Ah ! Monfieur, ce n'eft point le
partage de votre indigne butin qui
m'occupe, (*en fe levant.*)

L'A. M. *d'un air inquiet.*

Eh ! plaît-il ? Quel vertigo vous
prend ?

M. P.

Il y a une demi - heure, Monfieur, que je ne feins de vous écouter,
que pour voir à mon tour jufqu'où
peut aller votre baffeffe & votre audace. J'ai fufpendu l'indignation que
vos

vos propos allumoient dans mon cœur, & la honte dont je ne me confolerai jamais de vous avoir paru propre à devenir votre Complice. Vous abufez cruellement du droit que vous a donné fur moi une premiere foiblesse : mais le Ciel bienfaifant me préfente l'occafion de l'expier. Je la faifis avec ardeur. Cherchez ailleurs des Coopérateurs pour votre Dictionnaire, & l'infâme complot que vous me propofez. Vous m'avez menacé de la mifere. Ah ! je l'embrasse avec joie, fi elle me garantit de l'affront & du danger d'être plus long tems confondu avec des hommes aussi méchans que vous.

(L'A. M. *se fauve en grand défordre.*)

G 3   NOTES.

NOTES.

(1) *La vifion de Charles Paliſſot.* Libelle de M. l'Abbé M. contre l'Auteur de la *Comédie des Philoſophes.* Une grande Princeſſe mourante y étoit outragée avec indignité. M. l'A. M. choiſit toujours bien ſes momens. Quant à M. *Pal.* il n'y avoit rien de ſi délicat que les plaiſanteries que lui faiſoit M. l'A. M. Il l'appelloit un *fripon*, le *Maq. de ſa femme*, &c. &c. le tout pour venger l'honneur de la *Philoſophie*. Obſervez que c'eſt cette même plume pudibonde qui dans la *Théorie du Paradoxe* n'oſe écrire le mot *Mercure* tout entier, & qui rougit de haſarder la lettre initiale de la V. (Théorie du Paradoxe, page 140).

(2) *D'un Libelle contre Pompig....* Dans la *vifion*, M. l'A. M. inſultoit la Princeſſe de R. qui expiroit, & M. *Paliſ.* attaqué par une nuée d'ennemis : le *Commentaire ſur la Priere univerſelle* de *Pope* parut, quand M. le *F. de Pomp.* avoit ſur les bras une querelle que le nom & les talens de ſon plus rude Adverſaire rendoit terrible.

La

LA THÉORIE DU PARADOXE, *si parva licet componere magnis*, a paru dans des circonstances non moins remarquables : c'est juste le 4 Février au matin, on l'a déjà dit, & on ne peut trop le redire ; dans le temps où l'on cherchoit de toutes parts des ennemis & des crimes à M. *Linguet*; où on le dénonçoit aux Magistrats, comme s'étant fait *un principe de n'en reconnoître aucun* ; comme ayant attaqué *le droit naturel, celui des Gouvernemens, le droit public du Royaume, le droit ecclésiastique, & les Loix Civiles;* comme ayant *violé les régles de la modération, de la décence, de l'honnêteté dans la défense des Parties.*

C'étoit en l'attaquant ainsi qu'on lui reprochoit de se défendre d'une maniere injurieuse; & le jour même où le *Bâtonnier des Avocats* se chargeoit de porter aux pieds d'un Tribunal auguste cette délation, honteuse pour ses Auteurs, puisqu'elle étoit sans preuves, M. l'A. M. pour contribuer à ce succès, essayoit de la rendre plausible aux yeux du Public, avec tout l'art dont on vient de donner le secret : il se mettoit à la solde de la haîne, aux gages de l'imposture, pour achever de perdre un Homme honnête que l'infortune accabloit.

G 4   On

On ne peut trop méditer cette circonf-
tance : elle peint le cœur des ennemis de
M. *Linguet*. Que deviendroit celui-ci fi
l'on pouvoit en trouver une pareille dans
fa vie ? C'eft une réflexion que préfente
fouvent le parallele de fes procédés avec
ceux de fes ennemis.

(3) *Contre votre Bienfaiteur*. Cette
anecdote eft très-vraie. L'Auteur de cet
Ouvrage eft en état d'en nommer les
Acteurs. Elle a été réitérée bien des fois :
il eft probable que c'eft-là le noviciat par
lequel paffent tous les Néophites qui fe
deftinent au culte de la *Science*, & fe dif-
pofent à combattre fous fes enfeignes.

(4) *Dans fes Révolutions de l'Empire
Romain*. C'eft en 1766 que cet Ouvrage
a paru. L'Auteur étoit très-jeune, très-
neuf, il l'avoue fans honte. Il y a plus :
il étoit féduit par les principes des *Eco-
nomiftes*, enthoufiafmé de leur doctrine,
aveuglé par cette ivreffe communicative
qui eft jouée chez eux, mais qui devient
naturelle dans des cœurs inexpérimentés,
que l'âge livre à leurs preftiges. Ces
idées de *liberté*, de *richeffes*, de *régéné-
ration*, d'*indépendance*, avoient tranf-
porté fon ame d'un vrai délire ; c'eft
alors

alors qu'il inféra dans un Ouvrage tout-à-fait étranger à cette matiere, dans l'*Hiſtoire des Révolutions de l'Empire*, ces éloges non-réfléchis de la liberté *indéfinie* du Commerce des Grains, qu'on vient maintenant oppoſer dans *la Théorie du Paradoxe* * aux critiques ſaines, juſtes, fondées, que le même Auteur a faites depuis de cette même liberté (*indéfinie*) dans des écrits faits cinq ans après ſur cet objet ſpécialement.

On les cite comme des preuves d'une inconſéquence révoltante ; comme ſi un Ecrivain étoit lié irrévocablement à toutes les opinions qu'il peut avoir, non pas ſoutenues, mais haſardées ſans examen dans ſa premiere jeuneſſe ; comme s'il étoit défendu à ceux dont l'emploi eſt de travailler à éclairer le reſte des Hommes de s'éclairer eux-mêmes ; comme s'ils étoient les ſeuls à qui il ne fut pas permis de s'aider de l'expérience, & qui fuſſent condamnés à ne pouvoir revenir ſur leurs pas.

Obſervez que quoique M. *Linguet* n'ait jamais fait imprimer une ligne ſans les approbations les plus autenthiques, il ne lui a jamais été permis de réimprimer

* Page 100 & ſuivantes.

G 5 un

un feul de fes Ouvrages : par conféquent
il n'a pas pu corriger dans des Editions
poftérieures ce que les premieres avoient
de défectueux ; obfervez que cette efpéce
d'interdit dure encore ; & c'eft dans le
temps où on ne lui permet pas de reporter
fur les productions de fa jeuneffe la févé-
rité d'un âge plus raffis, qu'on fe fait
une reffource de ces fruits imparfaits
pour rendre fufpects ceux qu'une maturi-
té accélérée par le grand Maître des Humains, par l'expérience, rend tout au-
trement importans. Il feroit difficile de
bien qualifier ce manége.

(5) *A Calvin, à Luther.* M. l'A. M. a
fait fes efforts pour rendre odieux les
principes de M. *Linguet* & fon ftyle ridicule : qu'il foit permis de citer deux morceaux de la Réponfe aux Docteurs modernes, qui feront peut-être fon apologie
aux yeux des Lecteurs honnêtes. Les
Economifles ne ceffent de parler d'*évidence*, d'*inftruction*, fur-tout de *liberté.*
M. *Linguet* leur difoit dès 1771, page
20 de la *Réponfe aux Docteurs modernes*, 3e Partie. " Y a-t-il d'abord
» une évidence ? Exifte-t-il, peut-il
» exifter, chez des êtres doués du fu-
» nefte privilége de raifonner, une fen-
» fation,

» fation, une maniere d'être , qui mé-
» rite ce nom dans le fens que vous
» y attachez ? Pour que l'évidence de-
» vint la régle commune de toutes les
» actions des hommes, il faudroit qu'elle
» fe fît fentir fur les mêmes objets, dans
» le même temps , & de la même façon.
» Si par malheur ce qui eft évident pour
» moi ne l'étoit pas pour mon voifin,
» pourroit-il prendre pour régles de fa
» conduite les raifons qui juftifient la
» mienne ? Or, vous devez le fçavoir
» mieux que perfonne , il en eft des ef-
» prits comme des yeux. L'horifon in-
» tellectuel de chaque individu varie
» autant que l'horifon matériel. Il n'y
» a dans le monde peut-être ni deux
» vues, ni deux têtes, qui ayent la même
» mefure. Si pourtant l'*évidence* eft , je
» ne dis pas le feul moyen de conviction,
» mais la feule régle de procéder , com-
» ment vous flattez-vous que ce procédé
» pourra jamais être uniforme & confé-
» quent ? Chacun ne prétendra-t-il pas
» être en droit d'apprécier , d'après fes
» propres lumieres, des principes pour
» lefquels vous ne lui demandez du ref-
» pect, qu'autant qu'il en fera convain-
» cu ? De tous ces examens partiels, ne
» réfultera-t-il pas les plus étranges con-

» tra-

» tradictions, les plus affreufes difputes,
» le plus épouvantable défordre * ?

» Je ne veux point faire un parallele
» odieux ; mais enfin on peut comparer
» les chofes, fans prétendre affimiler les
» hommes qui les ont produites. Que
» difoient en leur temps *Luther* & *Cal-*
» *vin ?* Ils brifoient les liens facrés, dont
» la tradition & l'ufage avoient chargés
» les Peuples : ils fe foulevoient contre
» ces entraves antiques, fortifiées par le
» refpect de plufieurs fiécles. Ils recla-
» moient, comme vous, la *raifon*, &
» *l'évidence*, & *l'ordre naturel & effentiel*,
» qui ne permet pas même à l'erreur au-
» torifée, de prefcrire contre la vérité.
» Ils annonçoient hautement, comme
» vous, la *liberté* la plus entiere dans les
» opinions, & en cela du moins ils
» étoient conféquens. Mais qu'en arriva-
» t-il ?

---

* On voit bien que d'après ces principes, M. *Linguet*
n'a été ni inconféquent, ni abfurde, quand dans le
Journal Politique il a examiné fi les Loix devoient être
dans le genre inftructif ou impératif, fi les Légiflateurs,
devoient au genre humain, des préceptes ou des ordres.
Son filence abfolu fur cette matiere, auffitôt que l'enregif-
trement a donné le fceau à la Loi de Septembre 1774,
prouve fa foumiffion refpectueufe pour les régles. Ennemis
implacables, calomniateurs injuftes, vous ne ceffez de
l'accufer de les violer. Citez donc une occafion, une feule
où il y ait manqué.

» Deux

» Deux chofes : l'une, que faute d'une
» force coërcitive qui enchaînât les Hom-
» mes éclairés par eux, & les contraignît
» de fe borner à un feul fens, à une
» feule explication des mêmes mots, le
» principe qui avoit illuftré les fonda-
» teurs de la Secte, devint nuifible à la
» Secte même. Bientôt la *réforme* fut ré-
» formée ; *Zuingle* , *Ecolampade* , &
» tant d'autres dédaignerent le chemin
» récemment tracé , & s'en frayerent un
» nouveau.

» Le fecond inconvénient fut, que
» chacun d'eux , après avoir vu que la
» *liberté* lui avoit été utile, fongea à l'ô-
» ter à fes fuccefleurs. Après avoir déve-
» loppé des *opinions* , ils prétendirent
» avoir droit de prêcher des *Dogmes* ; &
» s'ils n'avoient trop violemment abbatu
» l'idole du *Defpotifme* fpirituel ; fi dans
» leur premiere fureur , ils ne l'avoient
» brifée en la précipitant de deffus fes
» autels , on les auroit bientôt vu en ra-
» maffer les morceaux , les reffouder
» avec adreffe, en compofer une nou-
» velle Statue, qu'ils n'auroient pas tardé
» à réintégrer dans les Sanctuaires, dont
» ils fe feroient afluré exclufivement la
» defferte. Mais pour leur malheur ils
» avoient trop éclairé l'autorité laïque.

» Son

» Son premier foin avoit été de nétoyer
» l'aire des Temples de ces débris facrés;
» & quand ils les chercherent pour les
» réunir, ils ne les trouverent plus.

» Cette Hiftoire eft en général celle
» de toutes les Sectes & de toutes les
» Doctrines. Elle prouve combien l'*évi-*
» *dence* eft infuffifante pour gouverner
» les Hommes, pour tenir lieu de loix,
» & pour en faire accepter. . . . .

» Vous direz que vous convenez de
» l'inégalité des efprits, de la difpro-
» portion des têtes, mais que vous avez
» indiqué un moyen pour les mettre de
» niveau. C'eft l'*inftruction* dont vous
» vantez les avantages : vous la voulez
» indéfinie comme le Commerce des
» Bleds. Vous revenez fans ceffe à cette
» propofition, qu'il faut *éclairer toujours*
» *le Peuple*, & laiffer une liberté abfolue
» aux difcuffions.

» D'abord votre zèle pour cette liberté
» eft un peu fufpect. C'eft un artifice
» commun à toutes les Sectes naiffantes,
» de prêcher les avantages de la toléran-
» ce. La raifon en eft fimple. En cela,
» c'eft leur exiftence qu'elles défendent.
» La profcription des nouveautés entraî-
» neroit la leur, & c'eft bien moins la
» liberté commune qu'elles reclament,

» que

» que la permission particuliere de se dé-
» velopper.

» L'ont-elles obtenue, elles changent
» bientôt de maximes: à peine affermies,
» elles deviennent intolérantes & persécu-
» trices *. Cet esprit chez vous à été pré-
» maturé. Il s'y montre avant même que
» vos Dogmes aient acquis la solidité
» qui pourroit le justifier. Votre con-
» duite dément trop votre langage. De
» même que l'impossibilité de croire à
» ce que vous appellez *l'évidence*, dé-
» truit les inductions que vous en tirez,
» de même aussi votre procédé envers
» vos adversaires, annonce combien vous
» croyez au fond la liberté dangereuse
» & incompatible avec l'établissement
» d'aucun Dogme, sur-tout du vôtre.

» Mais quand vous ne seriez ici qu'in-
» conséquens suivant votre usage, &
» que vous solliciteriez de bonne foi une
» dépendance qui borneroit vos progrès,
» pouvez-vous réellement la croire uti-
» le ? Vous dites que *l'évidence est à*
» *l'épreuve de l'examen* ; vous assurez
» que la permission *de discuter même les*

---

* C'est en 1770 que M. *Linguet* écrivoit ainsi. Combien
son pressentiment étoit juste !

» *droits*

„ droits du Souverain, rend les sujets plus
„ soumis, qu'ils obéissent à la raison,
„ &c. * Eh ! ne sentez-vous pas que vous
„ hazardez-là le plus funeste peut-être
„ de tous les principes ; que vous met-
„ tez au jour un axiôme capable de ren-
„ verser tous les Trônes, & de boule-
„ verser tous les Empires ?

„ Y a-t-il un gouvernement qui s'ac-
„ corde en tout avec la raison ? Y en a-
„ t-il un du moins qui puisse paroître
„ pourvu de cet avantage à tous les in-
„ dividus qui lui sont soumis ? La plus
„ lumineuse instruction du monde adou-
„ cira-t-elle la charge des sujets, sur
„ qui porte par essence tout le fardeau
„ social ? & engagera-t-elle ceux que la
„ naissance, la protection ou l'adresse en
„ ont dispensés, à en aller prendre sur
„ eux une partie ? Préviendra-t-elle d'ail-
„ leurs tous les abus ? Empêchera-t-elle
„ un Prince d'être foible, d'avoir des
„ Ministres avares ou vindicatifs ? Suf-
„ fira-t-elle pour obliger l'autorité à se
„ resserrer d'elle-même dans ses bornes,
„ & à ne jamais essayer de les franchir ?
„ A la moindre prévarication, ou à la

* Ephémérides, 1769, tom. 6, p. 178.

„ premiere

» premiere démarche innocente qui
» pourra être mal interprêtée, si les su-
» jets sont autorisés à en peser les mo-
» tifs & à en apprécier les effets, qu'en
» résultera-t-il? De la faculté de sentir
» l'avantage des corrections, on passera
» sans intervalle à prétendre le droit de
» les exiger : il s'élevera des disputes
» entre l'autorité, qui ne voudra ou ne
» pourra pas tout d'un coup réformer
» les abus & l'impatience des raison-
» neurs. Les délais paroîtront à ceux-ci
» d'autant plus injustes, que leur état
» sera plus violent. Bientôt viendront
» les ligues, les troubles, & enfin les
» révoltes, les guerres civiles. . . . . . . »

(6) *De cent cinquante, de deux cens
personnes.* Nous sommes assurément bien
éloignés de nous rendre les délateurs de
qui que ce soit, & de vouloir travestir en
conventicules séditieux des assemblées
dont nous supposons que l'objet est innocent. Mais enfin n'est-il pas étrange que
dans la Capitale d'un grand Royaume, il
s'en tienne, de ces assemblées; qu'il y ait
un mot du guet, une langue particuliere;
qu'on y décerne des titres & des emplois
aux vivans, des honneurs funebres aux
morts; qu'on imprime publiquement que
tout

tout cela se passe dans l'assemblée des *Disciples?* N'est-ce pas ainsi qu'ont commencé les *Quakers?* & ces *Quakers* ont-ils jamais parlé un idiôme plus ridicule, plus enthousiaste que celui des *Economistes?* Les *Protestans* ont-ils jamais fait des déclarations plus étonnantes? Ont-ils jamais dit, imprimé, comme on le lit tout au long dans les *Représentations aux Magistrats* de l'Abbé *Roub...,* qu'ils *ne reconnoissent pas l'autorité dans cette matiere,* & quelle matiere! la subsistance des peuples. Quel texte pour des hommes d'État que ce court passage!

(7) *Pour peser à la terre. O profondeur!* Observez que ce passage est en lettres italiques dans l'original : ce n'est pas une citation que fasse l'Auteur de l'*Eloge.* Que signifie donc cette affectation de changer de caractere, afin de fixer davantage les yeux du Lecteur? N'est-il pas clair qu'on a voulu par-là frapper aussi son esprit, & présenter cette aspiration comme un texte, digne d'être médité par les *Fideles?* Cela peut aller loin : car enfin ils chérissent bien tendrement la *terre; en songeant que tels & tels vivent encore pour lui peser;* en voyant leur Patriarche peser lui-même avec dessein sur cette réflexion doulou-
reuse,

reuſe, n'eſt-il pas naturel de travailler à la décharger de ce fardeau pénible ? Ce petit commentaire eſt très-conſéquent & très-philoſophique.

(8) *Un Mémoire contre lui.* Perſonne à la vérité n'a oſé dire, j'ai vu ce Mé-moire : mais le monde eſt rempli de gens, qui ont vu des gens, qui ont en-tendu dire qu'il y avoit des gens qui l'avoient vu. En conſéquence, on en cite des phraſes dont la plus modérée, la plus noble, la plus dans le genre de M. *Linguet,* eſt celle-ci : *M. le Duc, je vous ai pris ſur l'échaffaud pour vous mettre au pied du trône.* Voilà ce que l'on dit, ce que M. *Marmont....* cautionne à qui veut l'entendre ; ce qui a ſervi de prétexte aux *Députés des Avocats ;* & quand l'homme ſi indignement traité, ſi outra-geuſement calomnié, ſe plaint, qu'il s'agite avec les convulſions de la dou-leur, on s'écrie : voyez quelle rage! quel emportement !

(9) *Même pas le Ch....* Un homme dans l'infortune eſt reſpectable pour tout autre individu que M. l'A. M. *Res eſt ſacra miſer.* Les Lecteurs ne ſoupçon-neront pas qu'on veuille ici profiter de la

la difgrace de ce Magiftrat pour fe défendre de l'avoir connu : mais il eft
très-vrai qu'à cette époque, M. *Linguet*
n'avoit jamais eu l'honneur de le voir,
& que depuis, il ne l'a pas vu dix fois;
qu'il ne l'a vu que pour affaires, dont la
plus férieufe étoit la permiffion de réimprimer fes Ouvrages ; permiffion qu'il
n'a jamais pu obtenir.

(10) *Nous nous en fommes emparés.*
Cette anecdote n'eft que trop vraie, &
ne peut être affez publique. Sans les tra-
verfes qui fe font fuccédées, & qui n'ont
pas laiffé à M. *Linguet* un inftant pour
refpirer, elle feroit conftatée dès à préfent par une voie judiciaire. Il auroit fait
affigner le Cenfeur, pour le forcer à lui
reftituer fon manufcrit.

L'infidélité qui le lui a dérobé eft d'autant plus odieufe, que ce manufcrit eft
une réforme de la *Réponfe aux Docteurs modernes*, dont il avoit fupprimé
précifément les objets étrangers à la queftion des grains, & les mots dont l'Auteur de la *Théorie du Paradoxe* abufe : &
c'eft quand on le met ainfi dans l'impof-
fibilité de corriger fes Ouvrages, qu'on
lui fait des crimes de ce que peuvent
contenir fes premieres éditions ! C'eft
quand

quand on écrit pour prouver la néceffité de laiffer la *preffe libre*, qu'on enchaîne les Écrivains, qu'on intercepte leurs ma-nufcrits ; & on imprime hardiment après cela que l'*évidence* a tout vaincu ; que la raifon économique a battu fes ennemis, puifqu'il n'en *paroît* plus *.

C'eft le langage que tiennent aujour-d'hui les Économiftes dans les cercles, dans leurs livres , par-tout. Cela eft déja bien révoltant ; mais ce qui eft au-deffus de toute expreffion , c'eft que dans la *Théorie du Paradoxe*, à l'occafion du manufcrit dont on vient de voir le fort, M. l'A. M. ait ofé dire, page 118, *M. Linguet annonce dans fon Journal qu'il prépare un nouvel Ouvrage contre la li-berté du commerce des grains ; on dit que c'eft une partie de fa Réponfe aux Doc-teurs modernes fous un nouveau titre; nous en defirons bien fincerement la publication, pour l'inftruction de nos Eleves :* & c'eft lorfqu'ils ont le manufcrit depuis cinq mois en leur poffeffion qu'ils ne rougif-fent pas de fe permettre ce perfiflage cruel !

---

* Voyez par exemple la page 2 de la Réfutation des Dialogues fur le Commerce des Bléds.

(11) *Ou semblent dire le contraire.* C'est
sur-tout à ce sujet que l'infidélité réfléchie, la mauvaise foi éclairée de l'Auteur
de la *Théorie du Paradoxe* est intoléra-
ble ; il compile beaucoup de passages de
Voyageurs, & entr'autres de *Chardin*, qui
prouvent qu'en *Asie* les Grands ne jouis-
sent que d'une existence incertaine, &
que l'éclat de leur fortune les expose aux
plus cruels revers. A ces citations, il op-
pose les éloges qu'a donnés M. *Linguet*
à la douceur du gouvernement *Asiatique*,
à la *félicité* dont on y jouit, à la *bonhommie* des Princes qui les dirigent ; & il en
résulte un contraste propre à faire dresser
les cheveux à la tête, si l'on suppose qu'en
effet M. *Linguet* a pu regarder comme une
preuve de *douceur*, de *bonhommie*, comme
un gage de *félicité*, l'emportement furieux d'un Despote ivre qui fait *crever les
yeux*, *couper les mains*, *trancher la tête* à
ses favoris.

Mais aussi si M. *Linguet* n'a pas dit
cela ; s'il a gémi sur ces malheurs ; s'il
s'est borné à observer qu'ils ne tomboient
pas sur la *Nation*, sur le *Peuple* ; que
ces orages funestes aux bâtimens élevés,
n'étoient pas à craindre pour les retraites
modestes de la bourgeoisie ; que ce terrible appanage de la grandeur n'accabloit
que

que les ames affez ambitieufes pour vouloir en courir les dangers, & qu'il pouvoit fervir de fauve-garde aux petits,
précifément par la crainte éternelle où
il tenoit ces *Vifirs*, ces *Beys*, dont un
fouffle pouvoit faire tomber la tête; s'il l'a
dit d'après *Chardin*, & dans les mêmes
termes; d'après M. de *Montéfquieu*, qui
avoue que par la conftitution des Répu-
bliques Orientales, il falloit que *la tête
du dernier Citoyen y fût en sûreté, &
celle des Bachas toujours expofée*; fi c'eft-
là tout ce qu'a dit M. *Linguet*; s'il l'a
dit avec le langage du cœur & de la raifon; quel mépris, quelle horreur doit
exciter un Ecrivain qui vient de fang-
froid ifoler fes paffages, les détacher &
les tranfpofer avec réflexion, pour y
trouver précifément les principes qu'ils
excluent le plus formellement quand ils
font à leur place !

(12) *Sûr de l'impunité*. Citons à ce
fujet un morceau d'un Ouvrage de M.
Linguet, dans lequel le Miniftere Pú-
blic, & même fes Confreres les Avocats,
n'ont rien trouvé à reprendre, puifqu'il
n'a pas été dénoncé; *le Difcours deftiné
à être prononcé dans l'Affemblée des Avocats, le 3 Février*.

« On

« On me reproche, dit-il, dans fon
» *Avertiffement*, d'avoir écrit en fa-
» veur du *Defpotifme* : rien n'eft plus
» faux ; mais fi quelque chofe pouvoit
» m'affermir dans mes principes fur les
» dangers d'une liberté fans limites ,
» d'une adminiftration fans chef, c'eft
» ce que j'éprouve.

    » Le pouvoir arbitraire a bien moins
» d'inconvéniens que *l'anarchie*.

    » Le Monarque abfolu peut être éclai-
» ré. Il peut être fufceptible de honte ou
» de remords : les agens de fes excès ont
» des intérêts à ménager. La crainte peut
» les arrêter, fi un penchant vicieux les
» emporte.

    » Une foule qui fe croit indépendante
» n'a aucun de ces freins. Les lumieres
» lui font inutiles, parce qu'elles ne par-
» viennent qu'au plus petit nombre des
» yeux. Les remords n'y font aucune im-
» preffion, parce que chacun s'étourdit
» fur ceux qu'il éprouve, en fuppofant
» que c'eft une erreur, une foibleffe de
» fon cœur, puifque fes voifins ne pa-
» roiffent pas en reffentir de pareils :
» enfin la honte & la crainte ne font pas
» des motifs qui puiffent la toucher,
» parce que chacun n'étant que pour une
» portion infiniment petite dans le dan-
                      » ger

» ger ou dans l'opprobre , chacun ayant
» la ressource de dire qu'il n'a pas trempé
» dans la résolution criminelle ou désho-
» norante, on procede avec le sang-froid
» le plus flegmatique, à des attentats qui
» feroient frémir ou trembler chacun de
» ceux qui la composent, s'il étoit isolé ».

(13) *Loué Tibere, Néron.* Comment répondre à cette inculpation ? En citant les
morceaux : voici *l'Éloge* de *Tibere* * ?

" Il étoit infatigable au travail ; il
» réunissoit une connoissance profonde
» des affaires & des hommes à la saga-
» cité la plus éclairée ; mais on lui re-
» procha toujours *une humeur sombre, un*
» *penchant à la dissimulation,* qui s'allie
» rarement avec la vertu , & *qui couvre*
» *presque toujours de grands vices . . . .*
» La catastrophe de *Séjan* fut pour tout
» l'Empire, un sujet de réjouissance. Mal-
» heureusement *Tibere,* après l'avoir pu-
» ni, n'en devint pas plus doux, ni plus
» retenu. Accoutumé au sang, il ne cessa
» point d'en verser. Enervé par les plus
» infâmes désordres, il continua de s'y
» livrer; & la malheureuse *Rome,* pen-
» dant tout le reste de son regne, n'eut

---

* Révol. de l'Emp. Rom. Tom. 1.

H   » plus

» plus qu'à gémir fur des fcenes desho-
» norantes, ou à pleurer fur des fcenes
» cruelles. . . . . .
   » Trop d'Ecrivains les ont répétées d'a-
» près *Tacite* & *Suétone*. On ne lit point
» fans frémir ce qu'ils nous apprennent de
» ce malheureux *Tibere*. On eft porté à
» penfer que fans *Néron*, il auroit occupé
» le premier rang parmi les Scélérats cou-
» ronnés, qui ont trop fouvent deshonoré
» le Trône & la nature humaine.
   » Encore s'il falloit examiner, d'après
» les Hiftoires qui nous reftent, qui des
» deux a mérité cette horrible préémi-
» nence, je crois que *Tibere* pourroit
» l'emporter; car enfin, *Néron* élevé dans
» une Cour voluptueufe & fanguinaire,
» devenu le maître de tout, dans un âge
» où il eft auffi difficile de fe connoître
» que de fe conduire, entouré de flat-
» teurs, dont l'intérêt eft toujours d'a-
» voir des Princes qui leur reffemblent,
» c'eft-à-dire, foibles & méchans; *Néron*
» auroit eu befoin d'être le plus fage des
» hommes, pour n'en pas devenir le plus
» corrompu; malgré les leçons fi vantées
» des *Séneques* & des *Burrhus*, il n'a ja-
» mais connu peut-être ni la vertu, ni
» l'obligation de la pratiquer.
   » Mais *Tibere* monté fur le Trône à
                      » un

» un âge mûr, instruit par son expérien-
» ce & par l'étude de la Philosophie, n'i-
» gnoroit aucun de ses devoirs. Il n'avoit
» pas à redouter l'ivresse du rang suprê-
» me. Cruel par goût & crapuleux par
» choix, il termina une jeunesse exempte
» de désordres, par une vieillesse in-
» fâme. Connoissant tout le prix de la
» vertu, il lui préféra volontairement le
» vice, par le seul plaisir de s'y livrer. . . .
» Son humeur étoit implacable. Il fit
» périr, avec les formalités de la justice,
» beaucoup de Citoyens distingués ; sa
» sévérité naturelle, aigrie par les saty-
» res, enhardie par les bassesses, donna
» lieu dans *Rome* aux scenes les plus
» tristes, aux plus terribles abus de la
» puissance arbitraire. On ne sauroit en
» douter. Mais aussi, dans quelles crain-
» tes, dans quels dangers ne devoit-il pas
» vivre ? . . . . . .
» *Tibere* fut un mauvais Prince, sans
» contredit. Il se fit détester de la No-
» blesse. Il sacrifia les têtes les plus éle-
» vées de l'Etat à sa tranquillité. . . . *
» La cruauté de *Tibere* avoit été réflé-
» chie : il cherchoit toujours à lui don-

---

* Révol. de l'Emp. Rom. Tom. 1.

» ner

» ner une apparence de juftice. C'étoit
» le Sénat qu'il choififfoit pour Minif-
» tre de fes vengeances ; il y faifoit ac-
» cufer & juger avec appareil les infor-
» tunés dont il vouloit la mort. Par cet
» indigne abus des Loix, il fe ménageoit
» le double plaifir de perdre ceux qui
» lui étoient à charge , & de deshono-
» rer ceux qu'il laiffoit vivre *».

Veut-on voir quelques traits de l'*E-
loge* de *Néron*, par M. *Linguet ?*

« On ne peut rien dire de fi fort con-
» tre ce Prince, que fon nom n'en figni-
» fie encore plus. Il fait naître l'idée de
» tous les vices portés aux derniers excès.
» Il préfente l'image de la tyrannie la
» plus cruelle ; de la débauche la plus
» honteufe ; enfin, du regne le plus
» affreux qui ait jamais fouillé l'Hif-
» toire. . . . . . ***

» Perfonne n'ignore que *Néron*, par-
» venu à l'Empire, empoifonna , la fe-
» conde année de fon regne, l'infortuné
» *Britannicus*, dont il occupoit la place.
» Dans le cours de la fixieme, il fit
» affaffiner fa mere, fous les yeux de

---

* *Ibid.* Regne de *Caligula.*
** Eloge fcandaleux.

» fon

» fon Précepteur & de fon Gouverneur,
» devenus fes premiers Miniftres, &
» qui, s'ils n'aiderent pas à commettre
» le parricide, font au moins bien con-
» vaincus de l'avoir approuvé. Elle reçut
» ainfi la jufte punition de fes crimes.
» Mais il femble que le droit de les punir
» n'appartenoit point à celui qui en avoit
» recueilli le fruit.

» *Néron* s'étoit effayé avant que de
» commettre celui-ci : cependant il ne
» fut point à l'abri des remords, quand
» il en apprit le fuccès. La nature, fi
» cruellement outragée, réclamoit avec
» force. Il rougiffoit pour la premiere
» fois : il trembloit de reparoître à Rome.
» Aux horreurs dont cette ville étoit plei-
» ne, il en manquoit encore une : c'étoit
» de voir les *Romains* juftifier le parri-
» cide, & remercier les Dieux d'avoir
» donné à leur Prince la force de le com-
» mettre.

» C'eft ce qui arriva. Les Officiers des
» Troupes, avec *Burrhus* à leur tête,
» vinrent baifer la main du Meurtrier.
» *Séneque*, dans une longue lettre au
» Sénat, fit l'aveu & l'apologie du meur-
» tre. Cette Compagnie, dès qu'elle l'eut
» reçue, ordonna des fêtes pour un fi
» heureux événement. On courut dans

H 5   » les

» les Temples. On couvrit les Autels
» d'offrandes. On ofa préfenter au Ciel
» l'encens d'un fi abominable facrifice.

» *Néron* lui-même fe rendoit juftice.
» Il fe fentoit indigne de rentrer dans la
» Ville, après l'avoir fi horriblement
» fouillée. Il effayoit d'aller loin des
» murs cacher fon trouble & fa honte. Il
» fut invité en cérémonie à ne pas priver
» *Rome* plus long-temps de fa préfence.
» On lui répétoit à chaque inftant, que
» le nom d'*Agrippine* étoit en horreur,
» que fa mort avoit fait plaifir au Peu-
» ple, qu'il pouvoit fe préfenter har-
» diment & fe fier à l'attachement ref-
» pectueux qu'on avoit pour lui.

» Il revint, il monta au Capitole, au
» milieu des acclamations de la multi-
» tude. Il offrit des facrifices. Alors
» voyant les Dieux fe taire & les hom-
» mes applaudir, il conclut qu'il n'avoit
» rien à craindre des uns, & qu'il pou-
» voit tout hafarder avec les autres. Il
» fe livra donc fans réferve à tous fes
» penchans.

» L'*Italie* ne fut plus déformais qu'une
» vafte boucherie, où fes Exécuteurs al-
» loient choifir fes victimes. Tous les
» jours il commettoit quelque nouvel
» affaffinat, avec des circonftances plus
                            » affreu-

» affreufes ou plus déplorables. Mais la
» plus affligeante de toutes , étoit fans
» contredit le décret figné de fix cens Sé-
» nateurs , qui fuivant toujours immé-
» diatement ces barbaries, ne faifoit que
» confirmer l'opprobre des lâches qui s'en
» rendoient complices.

» Ils aiguifoient par-là le poignard
» qui devoit bientôt les percer. Ils ne
» voyoient pas qu'en flétriffant ainfi la
» mémoire de leurs confreres, ils fe pré-
» paroient la même ignominie quand ils
» auroient fubi le même fort. Je ne crois
» pas qu'il y ait dans l'hiftoire d'autre
» époque d'une pareille tyrannie de la
» part du Maître, & d'un pareil aviliffe-
» ment de la part des Sujets *.

» Cependant *Néron* baigné dans le
» fang, n'en étoit pas plus heureux. La
» Providence n'a pas voulu qu'on pût
» commettre de grands crimes, fans de
» grands remords. C'eft le premier châ-
» timent qu'elle fait fubir aux hommes
» trop puiffans, que les Loix ne fçau-
» roient punir. L'indigne baffeffe des
» *Romains* pouvoit bien démentir aux

---

* Eloge.

H 4   » yeux

» yeux de leur oppreſſeur le cri de ſa
» conſcience, mais non pas l'étouffer dans
» ſon cœur. Pour ſe diſtraire au moins,
» il cherchoit à noyer dans la débauche
» le ſouvenir de ſa cruauté.

    » Ce miſérable devenu en tout ſens
» l'opprobre du genre humain *, las
» du plaiſir & du crime, dont il avoit
» épuiſé les reſſources, cherchoit de nou-
» veaux plaiſirs dans des crimes nou-
» veaux. Il imagina de ſe marier pu-
» bliquement avec un des Complices de
» ſes débauches & de jouer dans cette in-
» fâme cérémonie le rôle de femme.
» Les nôces ſe célébrerent avec appa-
» reil. Rien ne fut oublié de ce qui
» pouvoit dégrader & le Prince, qui
» s'en amuſoit, & le Peuple qui le ſouf-
» froit. . . . .

    » On a peine à croire juſqu'où *Néron*
» portoit l'oubli de ſa dignité & la fu-
» reur pour des petiteſſes qui l'aviliſ-
» ſoient ; on ſeroit même tenté de pren-
» dre pour des fables ce qu'on en rap-
» porte, ſi les confrairies de *Henri III*,
» ſi ſes débauches hipocrites & ſes ſu-
» perſtitions voluptueuſes n'étoient pré-

---

* Quel Eloge !

                                   » ciſément

» cifément du même genre que les mi-
» nuties dont s'occupoit l'Empereur *Ro-*
» *main.*

» Enfin, après treize ans d'engourdiffe-
» ment ou de patience, la Providence
» voulut en quelque forte fe juftifier.
» Lorfqu'il ne reftoit plus à *Néron* de
» crimes à commettre *, on parut fe
» laffer de le fouffrir. Tandis que les
» *Romains* baiffoient honteufement la
» tête, & travailloient à appefantir le
» joug qui les écrafoit, un *Gaulois* en-
» treprit de le fecouer. . . . . .

» Pour *Néron* il ne fut point ému,
» & ce n'étoit point par courage ou par
» grandeur d'ame, qu'il affectoit de mé-
» prifer les commencemens de la révo-
» lution. Son cœur auffi lâche qu'inhu-
» main, n'avoit pas même les qualités
» dangereufes que la Nature accorde
» prefque toujours aux hommes cruels.
» Mais noyé dans la débauche, abruti
» par les plaifirs, il étoit incapable de
» la moindre application. . . . . .
» L'Empereur, fans confeil, fans
» fermeté, ne fentoit que fa frayeur,
» comme c'eft l'ufage des ames foibles

---

* Eloge.

H 5   » qui

» qui ont autant de baſſeſſe dans l'infor-
» tune, que d'inſolence dans la proſpé-
» rité; il ſe perdoit dans des projets
» ſans ſuite & ſans vraiſemblance.

» Tantôt il vouloit aller ſe jetter
» entre les mains des Parthes : tantôt il
» penſoit à ſe ſoûmettre à Galba lui-mê-
» me. Quelquefois, il s'arrêtoit à ſe ren-
» dre dans la Place, à y demander par-
» don du paſſé, à abdiquer l'Empire,
» pourvu qu'on lui accordât une retraite
» en *Egypte*, avec les revenus de cette
» Province. Mais ces chimeres ſe détrui-
» ſant bientôt les unes par les autres, il
» ne lui reſtoit plus que le ſentiment
» de ſon état, l'horreur de ſes remords,
» & des larmes, qui, venant de la
» crainte, plutôt que du repentir, l'avi-
» liſſoient ſans le ſervir ».

Veut-on voir auſſi quelques traits de
la Satyre de *Titus*, par le même Auteur ?

« A un Prince célebre par ſa gran-
» deur, ſuccéda un Prince connu par ſa
» bonté. Le nom de *Titus* eſt devenu le
» ſinonyme de cette vertu. On l'a appellé
» & on l'appelle encore les délices du
» genre humain. Il a mérité d'être le
» modele des Souverains bienfaiſans,
» comme *Alexandre* celui des Rois guer-
» riers.

» riers. Ils ont excellé tous deux, l'un
» dans l'art de ravager la terre, l'autre
» dans celui de la consoler. Par consé-
» quent *Titus* eft bien au-deffus d'*A-*
» *lexandre.*

» *Tibere* avoit occupé le Trône envi-
» ron vingt-deux ans, *Néron* treize. *Ti-*
» *tus*, qui d'ailleurs leur reffembloit fi
» peu, jouit bien moins longtems de
» l'Empire. Encore un regne fi court & fi
» doux fut-il troublé par des fléaux pref-
» que continuels. Une éruption du *Ve-*
» *fuve* effraya l'*Italie*; une pefte affreufe
» la défola, & un incendie violent re-
» mit *Rome* prefque au même état où
» elle s'étoit vue réduite fous *Néron*. Il
» fembla que la Providence n'eût élevé
» *Titus* à la premiere place, que pour
» réparer, en quelque forte, les maux
» dont elle avoit réfolu d'accabler l'Em-
» pire *.

» On fent bien que fous un Prince
» tel que *Titus*, il ne fallut aux Peuples,
» pour obtenir des foulagemens, que le
» temps de les folliciter. L'Empereur fe
» hâta même de prévenir leurs deman-
» des. Il fe transporta fur le théâtre où

---

* Satyre affreufe.

H 6   » s'étoien

» s'étoient paffées les fcenes terribles
» dont nous venons de parler. Il fem-
» bloit qu'il voulut fe convaincre plus
» vivement de la néceffité de réparer les
» malheurs , en s'obligeant à en confidé-
» rer les fuites de plus près.

» Il en fut de même de la contagion
» & de l'incendie. Il employa pour les
» combattre , & enfuite pour les faire
» oublier , tout ce que la grandeur de
» l'État donnoit de puiffance à un Souve-
» rain de *Rome*, tout ce qu'une tendreffe
» inépuifable auroit pu infpirer d'acti-
» vité à un pere affectionné *. Il prodi-
» guoit les remedes en tout genre ; il en-
» courageoit par des exhortations & par
» des récompenfes, les hommes experts
» dans l'art de guérir. Il prenoit fur lui
» la reconftruction de tous les édifices
» détruits par le feu ; & tandis qu'il char-
» geoit fon tréfor d'un furcroît de dé-
» penfe , il diminuoit les impôts : il en
» fupprimoit plufieurs : il adouciffoit les
» autres. Son œconomie lui fourniffoit
» même de quoi étaler dans les fpecta-
» cles devenus néceffaires au peuple de
» *Rome*, une magnificence que n'avoit

* Satyre,

» pu

» pu atteindre la prodigalité de ſes pré-
» déceſſeurs.

» De pareils regnes ne devroient
» point finir. Mais la Providence ne ſe
» conforme pas toujours à nos ſouhaits.
» Elle avoit marqué un terme bien court
» à celui de *Titus*. A peine avoit-on
» commencé à ſe réjouir de ſon éléva-
» tion, qu'il fallut pleurer ſa perte.
» Mais au moins, en deſcendant au tom-
» beau, ſes oreilles ne furent frappées
» que des actions de graces. S'il avoit
» vu les déſaſtres de ſa patrie, il les
» avoit réparés. Son caractere ne ſe dé-
» -mentit point, même dans les bras de
» la mort, & ſes derniers ordres furent
» des bienfaits * ».

S'il n'étoit pas bien certain, bien prouvé que c'eſt l'Auteur qui a parlé ainſi de
Tibere, de *Néron*, de *Titus*, qu'on accuſe d'avoir été le Panégyriſte des uns &
le détracteur de l'autre, on regarderoit
cette inculpation comme une chimere que
M. *Linguet* prête à ſes ennemis, afin de
les couvrir de honte, afin de les rendre
auſſi mépriſables qu'odieux. Mais rien
ne doit étonner de la part d'une ſecte
dont l'interprète, en citant un paſſage de

---

* Satyre abominable.

M.

M. *Linguet* où on lit les mots d'*avarice &*
violence, met en forme de commentaire,
c'eſt-à-dire, *la propriété & les loix* * :
d'après cet art de tranſmuer les idées,
M. *Linguet* a fait *la peinture la plus*
énergique, *la plus effrayante de* TIBERE,
de NÉRON, c'eſt-à-dire, *qu'il les a*
loués. Il a tracé le portrait le plus reſpectable de *Titus*, c'eſt-à-dire, qu'il l'a
déchiré.

M. l'A. M. devroit bien donner un
petit Vocabulaire dans ce genre à l'uſage
des *Néophites* Économiſtes pour former
leurs idées. En voici un petit eſſai que
nous ſoumettrons au génie inventeur, créa-
teur de M. l'A. M. & qu'il ne manquera
pas ſans doute de perfectionner.

Liberté, c'eſt-à-dire, *eſclavage*.
Richeſſe, c'eſt-à-dire, *pauvreté*.
Joie, c'eſt-à-dire, *triſteſſe*.
Bon marché, c'eſt-à-dire, *cherté*.
Impartial, *Auteur impartial*, c'eſt-à-dire,
    qui écrit *le pour & le contre*.
Vertu, c'eſt-à-dire, *crime*.
Beauté, c'eſt-à-dire, *laideur*.
Prince, c'eſt-à-dire, *ſujet*.
Vérité, c'eſt-à-dire, *menſonge*.

---

* Voyez ci-deſſus page 140.

Cc

Cet ouvrage feroit prefque auffi ifé
que la *Théorie du Paradoxe* : au moins il
n'y faudra pas plus de raifon, de bon fens,
de juftefse ; & au fonds il eft certain que
c'eft enrichir la langue, que de donner
ainfi à chaque mot une double accep-
tion. M. l'A. M. fera, non-pas le *Triptoleme* , mais le *Cadmus* de ce nouvel
idiôme, & il en réfultera un *produit
net* très-intéreffant pour le Public.

(14) *Mais fes Hiftoriens*. Cela eft très-important à remarquer. M. *Linguet* a pu fe
tromper dans la critique qu'il a faite des
deux mots attribués à *Titus* par *Suétone* ;
mais qu'on y prenne garde, c'eft de la
bien-faifance même de ce Prince, qu'il a
conclu que ces Apophthegmes ne lui
convenoient pas : & à quoi fe réduit la
critique de M. *Linguet* ! à dire fur l'un
qu'il n'eft pas digne d'un Prince vraiment grand de fe piquer de renvoyer
tout le monde fatisfait de fes audiences,
parce que ne pouvant pas accorder tout
ce qu'on lui demande, le refus femble
plus dur après un accueil & des pro-
meffes qui ont fait naître l'efpérance :
Antonio Pérès a obfervé que cet ufage
étoit trop familier aux Princes, *coftum bre
natural de los principes hacer fruto de las
efperanzas*.

efpranzas. M. *Linguet* a cru qu'une ame auſſi généreuſe que celle de *Titus* n'étoit pas faite pour cette eſpece de ſuperche-riepolitique. S'il s'eſt trompé, du moins ce n'eſt que par l'idée qu'il a eue de la bonté de *Titus.*

Quant à l'autre Adage de *Suétone,* il n'eſt pas encore bien prouvé que M. *Linguet* ait mal traduit. Il a juſtifié ſa traduction dans les Lettres à M. l'A. de *la Bletterie,* qui ſont preſque le ſeul de ſes Ouvrages, dont M. l'A. M. n'ait pas parlé; on en ſent bien la cauſe. Mais enfin, que *præſtare* ſignifie en Latin *don-ner,* ou *faire du bien*; qu'importe aux réflexions de M. *Linguet?* Tout ce qu'il a dit, ç'eſt qu'il ne falloit pas accoutu-mer les Princes à ſe croire quittes de tout, quand ils avoient fait *quelques libérali-tés perſonnelles aux gens qui les entou-rent.* Cette morale eſt-elle criminelle? Non aſſurément. On la retrouve dans le cœur de tous les hommes qui penſent: & elle a été conſignée dernierement avec bien plus de graces, d'énergie, dans le Diſcours de M. l'A. de *Radonvilliers,* à l'*Académie Françoiſe.*

» Les dons, les graces, les largeſ-
» ſes, font le bonheur d'un petit nom-
» bre d'hommes; les bienfaits d'un Roi
» doivent

» doivent rendre heureux un peuple en-
» tier. La libéralité eft la bienfaifance
» des Particuliers. La bienfaifance des
» Rois, c'eft le foin de l'État ».

De même dans une occafion éclatante,
le 17 Novembre 1774, un autre Homme
célebre a dit, *la Juſtice eſt la vraie bienfaiſance des Rois* *. La *Théorie des Loix*, tous
les ouvrages politiques de M. *Linguet*, ne
font que le Commentaire de ce mot énergique. Pourquoi les uns deviennent-ils
criminels quand l'autre eft innocent? Comment fe permet-on de dévouer au mépris,
à l'horreur de la Nation, un Écrivain qui
n'a fait que preſſentir une vérité confa-
crée depuis, par un de nos plus éloquens,
un de nos plus vertueux Magiftrats?

(15) *Ni mœurs ni délicateſſe*. Que ce
foit là le fujet de toutes les infinuations
malignes que l'on a fait courir dans les
cercles, de toutes les intrigues, de toutes les imputations par lefquelles on a
attaqué M. *Linguet*, on n'en fçauroit
douter, quand on voit le même jour paroître la *Théorie du Paradoxe*, & le *Bâtonnier des Avocats*, affirmer au Parlement
dans un Difcours devenu public, que M.

---

* Voyez le Difcours de M. de Malesherbes prononcé ce
jour-là.

Linguet

Linguet s'eft fait *un principe de n'en reconnoître aucun*, qu'il attaque les *Loix Civiles, Eccléfiaftiques, Politiques*, &c. Toutes les perfécutions fufcitées contre M.
Linguet, ne font que les différentes parties d'une *même* machine : elles tendent
à un *même* centre, ont un *même* moteur;
& quel eft-il ce principe fecret qui aiguillonne tous les Complices ?

(16) *Qu'on leur rira au nez.* C'eft ici
une des plus étranges fingularités de la
vie de M. *Linguet*; tous ceux qui le con-
noiffent atteftent en effet, qu'il n'eft ni
violent, ni fatyrique, ni méchant, qu'il
eft même doux ; & fi l'on peut le dire,
*fimple, bonhomme, exceffivement facile à
éclipfer dans la Société.* Il eft très-vrai
cependant que les affertions contraires
font fi bien établies, qu'on ne peut pas
les démentir fans rifque de paffer foi-même pour un imbécille, fans avoir l'air
d'être incapable de fe connoître en hommes, de s'être laiffé duper par le manege intéreffé de celui de tous les hommes à qui le manege a jamais été le plus
inconnu. Quel eft donc celui des ennemis
qui ont fçu faire prévaloir auffi univer-
fellement une impofture fi facile à détruire ?

(17)

(17) *Ou de s'expatrier.* C'étoit bien là l'espérance des ennemis de M. *Linguet*; ils s'étoient flattés de le déterminer à prendre ce parti, que leurs succès auroient rendu excusable, mais auquel on ne voit pas trop ce qu'ils auroient gagné. Mais M. *Linguet*, certain de son cœur & de son innocence, n'a jamais pensé, ne pensera jamais à une *fuite*. Il ne fera, ni au Gouvernement l'affront, ni aux Magistrats l'injustice de croire qu'un Citoyen irréprochable ait besoin d'un autre asyle que sa Patrie : inviolablement attaché à la sienne, il se consolera par l'estime des honnêtes gens, des orages passagers que pourra lui susciter une cabale criminelle; il attendra patiemment l'instant d'en triompher, instant que l'intégrité des Tribunaux & le cri public, ne peuvent manquer d'accélérer.

(18) *De ne jamais raisonner.* C'est là en effet à quoi se réduit tout le secret de la *Théorie du Paradoxe.* Placer dans une opposition maligne tout ce qui pouvoit, dans ce point de vue, indisposer contre l'Auteur, donner le change sur son objet, dénaturer ses propositions, supprimer ses preuves, voilà uniquement à quoi a travaillé M. l'A. M. Nous

n'en citerons qu'un exemple tiré de la
fervitude perfonnelle & des inculpations
odieufes auxquelles on livre M. *Linguet*
à ce fujet.

Cet Auteur vivement touché du malheur dans lequel végétent, ou plutôt
languiffent, d'après nos conftitutions
modernes, les trois quarts des hommes
qui compofent la fociété ; effrayé de voir
que cette immenfe portion de l'efpece
humaine, défignée par le titre de *Manœuvres*, de *Journaliers*, n'a aujourd'hui
qu'une fubfiftance précaire ; que de tous
ces êtres employés ou facrifiés aux jouif-
fances du luxe, aux caprices de la richeffe,
il n'y en a pas un qui puiffe être fûr en
finiffant le travail d'aujourd'hui, de trouver l'occafion de le recommencer demain,
& pas un cependant de qui la vie ne dé-
pende de ce travail de demain, qui peut
manquer ; M. *Linguet* vraiment épou-
vanté de cette pofition de tous les Gou-
vernemens Chrétiens, en a recherché la
caufe, l'origine & l'époque.

Il les a trouvées dans la méprife qui a
fait regarder la *liberté* perfonnelle comme
un bien pour la portion des hommes qui
font condamnés à vivre du loyer de leurs
bras ; il a vu que cette méprife ne s'étoit
accréditée dans l'*Europe* Chrétienne, que
d'après

d'après le calcul très-fin, très-adroit, des Puissances intéressées à détruire ces *Barons*, ces *Tyrans* féodaux qui humilioient les Trônes par le secours de leurs serfs, & profitoient de l'esclavage de leurs vassaux, pour tenir les *Rois* dans les chaînes. Ceux-ci ont senti que pour tourner à leur avantage les mêmes forces dont on abusoit contre eux, il falloit se les approprier : ils en sont venus à bout en flattant les *serfs* d'une *liberté* qui les attachoit à leurs vengeurs, & les rendoit ennemis nécessaires de leurs maîtres immédiats.

Ces *serfs* en étoient d'abord si peu jaloux, ils sentoient si bien qu'il ne s'agissoit que du partage de leurs dépouilles, que leur délivrance prétendue n'étoit qu'une opération favorable à la grandeur de ces marchands de liberté, qu'il fallut *des loix* pour les contraindre à en acheter. *Louis Hutin* ordonna que les *vilains* qui ne voudroient pas être *affranchis*, payeroient de grosses amendes.

Peu à peu il se forma des *Communes* dont les Chefs apprécierent le bien de la liberté, qui en étoit en effet un pour eux ; les *Rois* constitués arbitres nécessaires entre les *Barons* affoiblis, & les municipalités enorgueillies, ne manquerent pas d'appuyer les entreprises de celles-ci : de-

de-là la restauration des Trônes, & la ruine graduelle de la *féodalité*.

C'est un bien sans doute, pour les Souverains : cela est sensible. C'en est un aussi pour la partie opulente de la société ; cela est clair encore : mais en est - ce un pour le reste des hommes, pour ceux, encore une fois, à qui la servitude assuroit une subsistance certaine ; qui n'avoient ni impôts à payer, ni dépense d'aucune espece à faire ; qui étoient habillés, logés, nourris, soignés dans leurs maladies, ménagés dans la santé ; qui se livroient sans inquiétude aux impulsions de la nature, & faisoient en paix des enfans destinés à une vie aussi douce que celle de leurs peres ? Voilà ce qu'étoient, ce que sont encore les esclaves, ailleurs qu'en Amérique.

Que sont aujourd'hui nos *libres* journaliers, sujets aux impôts, aux corvées ; forcés de soudoyer sur leurs salaires tout ce qui leur rend des secours vrais ou apparens ; qui en s'arrachant chaque matin de la paille, où la vermine les a rongés la nuit, ignorent s'ils gagneront dans la journée de quoi appaiser les cris de leurs enfans ; si le soir le lait ne sera pas tari par l'inanition dans les mammelles de leurs

leurs compagnes; qui devroient toujours trembler en ouvrant la porte de leur chaumiere, d'y trouver autant de cadavres, qu'ils y ont laissé le matin de squelettes luttant contre le désespoir & la faim? Voilà pour eux les fruits de la liberté.

Ces malheureux oubliés de la nature entiere, remplacés sans dépenses, sacrifiés sans regrets, écrasés par toutes les secousses qui partent du sommet de la pyramide, dont ils sont la base infortunée, regardent avec envie le sort du cheval dont le râtelier est toujours rempli, parce qu'il a un maître; ils pleurent en larmes de sang le jour fatal où ils furent condamnés à se croire *libres*, & paient tôt ou tard, de leur vie, l'erreur forcée où l'on plongea leurs ancêtres.

Voilà ce que M. *Linguet* a dit & prouvé; voilà ce qu'il a développé dans l'idiôme entendu des ames sensibles : voilà ce que ses ennemis ont osé défigurer, dénaturer, transformer en autant de crimes. Ils ont débité, imprimé que M. *Linguet* étoit le panégyriste de l'*esclavage* comme du *despotisme*, & en effet, il l'est autant de l'un que de l'autre; & c'est cette imputation calomnieuse que M.

'lA.

l'A. M. s'est chargé de justifier à sa maniere.

Son objet dans les petits morceaux hachés, de M. *Linguet*, qu'il présente, est de faire croire que cet Écrivain a dit, que la servitude étoit une chose excellente; que pour être heureux il n'y avoit rien de plus pressé que de se faire vendre au plus vîte, & qu'un esclave sujet au fouet, dévoué au mépris, qui ne *conserve la figure humaine que parce que ses maîtres ne peuvent pas la lui ôter*, est un des êtres les plus fortunés qui décorent la surface de ce globe. Si M. *Linguet* avoit ainsi raisonné, il auroit moins d'ennemis. M. l'A. M. ne se seroit pas donné la peine de le travestir. Il auroit pu même parvenir à quelques places parmi les *disciples*, & peut-être lui auroit-on donné la *survivance* pour les *Oraisons Funebres*.

Mais voici ce qu'il a dit. Il a examiné dans le troisieme & quatrieme livre de la *Théorie des Loix* les relations des propriétaires avec *leurs femmes & leurs enfans*: il traite dans le cinquieme du développement *des loix relativement au pouvoir des maîtres sur leurs esclaves*.

« Le droit d'acheter des femmes, dit-il, » de les multiplier, de les renvoyer à son » gré,

» gré, affuroit les plaifirs du propriétaire.
» Celui de gouverner defpotiquement
» fes enfans affuroit fon repos. Toutes
» les loix faites fur ces objets affermif-
» foient fa poffeffion. Elles ornoient fa
» maifon, & lui donnoient des défen-
» feurs contre les violences étrangeres.
» Il en réfultoit pour lui un pouvoir
» auffi doux que folide. Mais ce n'étoit
» pas affez. Une tranquillité voluptueufe,
» ou un empire abfolu ne le garantif-
» foient pas des atteintes du befoin.
» C'étoit ce fentiment importun qui
» l'avoit engagé à éluder, pour la pre-
» miere fois, les difpofitions de la na-
» ture, à intervertir l'ordre établi par
» elle. Mais il ne s'y étoit pas fouftrait,
» en fe préparant des reffources pour le
» fatisfaire. Il n'avoit fait même en quel-
» que forte qu'en fortifier l'impreffion.
» Ses néceffités augmentoient avec fon
» domaine, & fes defirs avec fa jouif-
» fance. Ce fut pour y pourvoir fans fa-
» tigue de fa part, qu'on lui permit d'a-
» voir des *efclaves.*
» J'ai déja fouvent employé ce mot,
» fans en définir le fens. La pauvreté de
» notre langue oblige de lui donner,
» comme à tant d'autres, plufieurs figni-
» fications. Il fe prend au fimple & au
I   » figuré:

» figuré : il eſt quelquefois naturel, &
» quelquefois métaphorique. On eſt eſ-
» clave d'un homme : on l'eſt de ſes pro-
» pres vices. Des particuliers ſont eſcla-
» ves : un empire eſt eſclave ; mais la ſer-
» vitude des premiers n'eſt point incom-
» patible avec la liberté du ſécond, &
» de même auſſi la liberté des uns ne l'eſt
» point avec la ſervitude de l'autre, parce
» que le mot de liberté a, ainſi que ſon
» contraire, des acceptions différentes,
» & indique des rapports qu'il ne faut
» pas confondre.

» Une des principales diviſions qu'on
» en peut faire, conſiſte à diſtinguer
» une ſervitude politique, & une ſervi-
» tude privée ; une liberté civile, &
» une liberté domeſtique. Il ſuffira de
» définir ici l'un de ces termes : l'autre
» en étant abſolument l'oppoſé, celui-ci
» ſera préciſément ce que celui-là ne ſera
» pas.

» La ſervitude politique eſt celle
» d'une ſociété en général. Elle ſuppoſe
» une dépendance violente des membres
» à l'égard du chef. Elle ſignifie bien op-
» preſſion, cruauté capricieuſe de la part
» de l'un, & baſſeſſe aviliſſante, lâcheté
» de la part des autres. Mais cependant
» elle ne touche qu'aux droits factices
» du

„ du citoyen. Elle n'altère que des pri-
„ viléges de convention. Elle respecte ce
„ que l'ordre social a laissé de préroga-
„ tives à l'homme. Quoiqu'elle soit fon-
„ dée sur un pouvoir destructeur & en-
„ nemi des régles, le despotisme auquel
„ il aspire ne tombe que sur les régles
„ mêmes dont il travaille à se débar-
„ rasser.

„ Cette servitude, comme je l'ai déjà
„ dit, ne sauroit être durable. Elle s'af-
„ foiblit, elle s'use, à force de s'étendre.
„ Elle est à charge à celui qui en jouit,
„ autant qu'à ceux qui en souffrent. Les
„ rênes de fer avec lesquelles il faut alors
„ diriger un Empire, ne fatiguent
„ pas moins la main du maître, que la
„ bouche des esclaves. Ce fardeau terri-
„ ble les accablant chacun de leur côté,
„ nécessite en peu de temps la révolte
„ des uns, & la chûte de l'autre.

„ Mais il est une autre espece de ser-
„ vitude plus durable, plus commune,
„ plus onéreuse en apparence, qui n'at-
„ taque que la liberté des particuliers, &
„ se borne à flétrir les personnes : c'est
„ proprement ce qu'on appelle *esclavage*.
„ Ce mot emporte *la destruction de tous*
„ *les droits de l'humanité pour l'être au-*

I 2   „ quel

» *quel il est appliqué.* Ce n'est plus un
» homme : c'est suivant les occurrences
» un instrument insensible, ou une bête
» de charge agissante. Il ne peut plus
» voir par ses yeux. Il ne peut plus sui-
» vre que les mouvemens d'une volonté
» étrangere. Tant qu'il reste dans cet état,
» son existence même n'est pas à lui. Ex-
» cepté qu'il ne marche encore que sur
» deux pieds : excepté qu'il ne sait ni
» mugir, ni hennir, & qu'à sa mort on
» ne tire parti ni de sa chair, ni de sa
» peau, il n'y a plus aucune sorte de
» différence entre lui & un bœuf, ou un
» cheval.

» On le conduit comme eux au mar-
» ché. On le fait trotter, sauter, courir
» comme eux, pour vérifier la force ou
» la foiblesse de ses membres. On ne
» lui permet de rien cacher à la curio-
» sité inquiéte des acheteurs. Il est expo-
» sé, sans distinction de sexe, à l'exa-
» men le plus libre. L'art même lui donne
» souvent ce que lui a refusé la nature.
» L'œil avide du marchand découvre en
» lui des perfections qu'il ne doit
» qu'à l'adresse du vendeur. Sa nudité est
» alternativement soumise à l'inspection
» de l'industrie qui veut tromper, & de
» la

» la défiance qui ne veut pas qu'on la
» trompe. C'eſt en vain que la honte
» reclameroit dans ſon ame contre ce
» balotage odieux. Un pareil ſentiment
» n'eſt pas fait pour lui. Son corps doit
» tout endurer, & ſon cœur ne doit rien
» ſentir. Il eſt forcé de ſe prêter ſans
» rougir à des épreuves aviliſſantes. L'ad-
» miration même que ſa beauté excite,
» eſt toujours le fruit d'un outrage à ſa
» pudeur, *& l'eſtime qu'on fait de ſa*
» *force, eſt proportionnée à la dégrada-*
» *tion qu'on lui prépare* *.
     » Il ne peut plus faire une ſeule action
» qui ne ſoit dirigée par l'intérêt de ſon
» maître. Non-ſeulement on s'approprie
» le fruit de ſes travaux ; mais on tire
» même du profit de ſes plaiſirs. L'inſ-
» tinct le plus doux de la nature, eſt un
» piege dont on abuſe contre lui, quand
» on ne lui ôte pas le pouvoir de s'y li-
» vrer. L'avarice ſe joue en tout ſens de
» ſon exiſtence ; elle peſe, elle combine
» les avantages qu'elle en peut eſpérer,

---

* Ici M. l'A. M. ne manquera pas de s'écrier que voilà
de la contradiction : car on vient de dire que l'eſclave feroit
en paix des enfans dévoués à une vie auſſi douce que celle
de leurs péres, & il ſera évident que M. Linguet ſe ſera contredit : car . . . . &c.

I 3   » en

» en le condamnant à une stérilité cons-
» tante, ou en lui laissant une fécondité
» passagere. C'est d'après le résultat de
» ses calculs qu'elle s'arme d'un couteau
» pour lui faire essuyer une perte irrépa-
» rable, ou qu'elle le conduit à des ac-
» couplemens dont elle se réserve le fruit.
» Ce n'est point l'amour qu'elle lui per-
» met d'éprouver : c'est une femelle
» qu'elle l'invite à saillir. Le produit de
» ces unions honteuses est une proie dont
» elle s'empare aussi-tôt qu'elle est née.
» On la travaille, on la mutile, on la dé-
» nature, suivant l'emploi auquel on la
» destine : & les parens, témoins de ces
» traitemens cruels, réduits à les consi-
» dérer avec une insensibilité stupide,
» ou une douleur muette, seroient mille
» fois plus malheureux que les animaux
» auxquels on les associe, si à force de
» partager leur humiliation, ils n'en per-
» doient le sentiment, si l'habitude en
» les familiarisant avec leur abaissement,
» ne leur en cachoit la profondeur.

» Tel est le véritable esclavage : telle
» est la servitude proprement dite, &
» celle dont nous allons parler. Il s'agit
» d'en connoître la cause & les effets. Il
» est question d'en discuter l'origine &
» les avantages. A qui est due une si ter-
» rible

» rible dégradation de l'homme *? D'où
» a pu provenir un ſi parfait oubli des
» droits de l'humanité ? C'eſt un pro-
» blême dont la ſolution n'eſt pas diffi-
» cile après tout ce que nous avons vu.
» Il a pourtant été l'occaſion d'une infi-
» nité d'erreurs & de parallogiſmes
» parmi les Ecrivains qui ont traité de
» cette matiere. Un examen ſuccint de
» leurs principes à cet égard, n'eſt point
» étranger à mon ſujet. Il nous menera
» à prouver que l'eſclavage eſt inſépara-
» ble de la ſociété, qu'il y ſubſiste tou-
» jours, lors même qu'il y change d'ap-
» parence; & peut-être *tout odieux, tout*
» *effrayant qu'il eſt* * ſous ſa forme natu-
» relle, ſerons-nous forcés de le regret-
» ter, quoiqu'un préjugé très-enraciné
» nous autoriſe à nous enorgueillir de ſa
» ſuppreſſion **.
  » Mais l'eſclavage eſt contre la na-
» ture ! Eh ! qui en doute ? Sans difficulté,
» il eſt contre la nature : mais eſt-ce donc
» l'eſclavage ſeul qui a cette propriété ?
» Tout ce qui nous entoure n'eſt-il pas
» dans le même cas ? La richeſſe, l'indi-
» gence, les loix, les fuſils, les mai-

---

* C'eſt-à-dire, la plus noble illuſtration qu'il ait pu rece-
voir. Voyez le Vocabulaire de M. l'A. M. ci-deſſus p. 183.
** C'eſt-à-dire, *tout aimable*, *tout charmant*, ibid.

I 4   » ſons,

» fons, les fouliers, tout cela n'eſt-il
» pas contre la nature ? Tout cela en
» eſt-il moins néceſſaire ? Tout cela n'en-
» tre-t-il pas indifpenfablement dans la
» conſtitution de la fociété, ou dans les
» befoins de ceux qui la compofent?

» Les hommes naiſſent tous égaux,
» ſans contredit. Mais leur aſſociation
» fubſiſteroit-elle avec cette égalité ?
» N'eſt-il pas de fon eſſence de la dé-
» truire ? Et le premier pas vers fon
» anéantiſſement n'en a-t-il pas été la
» conſommation ? Il en eſt de ces deux
» façons d'être comme de celle de la
» chenille & du papillon, qui ne peu-
» vent exiſter enfemble dans le même
» fujet : l'infecte brillant ne développe fes
» aîles, que quand le ver informe eſt éva-
» noui. Il en eſt de même, à l'éclat près
» de l'indépendance originelle, & des
» inſtitutions fociales. Les unes fuccédent
» à l'autre, & fe conſtruifent de fes dé-
» bris. L'efclavage eſt la véritable cryfa-
» lide d'où fort cet établiſſement plus
» ſingulier que profitable, plus nuiſible
» qu'avantageux, qui, d'une multitude
» d'hommes raffemblés, fait une efpece
» de corps organifé, où les uns repréſen-
» tent les membres qui travaillent fans
                                    » ceſſe,

» cesse, & les autres la tête qui jouit pai-
» siblement du fruit de leurs travaux.

» Il ne s'agit donc pas d'examiner si
» l'esclavage est contre la nature en elle-
» même, mais s'il est contre la nature de
» la société ».

C'est toujours sur ce ton que M. *Linguet* parle de l'esclavage. Il soutient hautement qu'il est fâcheux pour ceux qui
l'éprouvent; mais il y compare les sujé-
tions par lesquelles on l'a remplacé: il
prouve, il démontre, que pour les mœurs,
pour la population, pour le bonheur même des Particuliers qui y sont soumis, il
est préférable à la *domesticité*: & par ce
mot, il n'entend pas le service aisé de
l'intérieur des maisons, mais cet asser-
vissement affreux du Journalier, pour qui
la liberté n'est qu'une charge de plus; &
comme on ne lit pas la *Théorie des Loix*,
qui est un vieil Ouvrage, & qu'on lira
peut-être ceci, grace à la nouveauté, ti-
rons-en des morceaux où cette importante
question est traitée. On trouve un chapitre au livre 5 de la *Théorie des Loix*,
qui porte pour titre : *S'il est vrai que
l'esclavage soit plus cruel que la domesticité*.

" L'essence de la Société, dit l'Auteur,
» comme je l'ai prouvé, est d'exempter

I 5   » le

» le riche du travail : c'eſt de lui donner
» de nouveaux organes, des membres
» infatigables, qui prennent ſur eux tou-
» tes les opérations laborieuſes dont il
» doit s'approprier le fruit. Voilà le plan
» que l'eſclavage lui permettoit d'exé-
» cuter ſans embarras. Il achetoit les
» hommes qui devoient le ſervir ; il
» avoit ſur eux des droits inconteſta-
» bles, dérivant du prix qu'il en avoit
» donné. Ce titre étoit ſi ſacré, que le
» plus ſage des Légiſlateurs, un poli-
» tique inſpiré par Dieu même, déclare
» innocent un maître qui aura maltraité
» ſon eſclave, au point qu'il en meure
» deux jours après, *parce que*, dit-il,
» *c'eſt ſon argent.*

» En ſupprimant la ſervitude, on n'a
» prétendu ſupprimer ni l'opulence, ni
» ſes avantages. On n'a pas penſé à re-
» mettre entre les hommes l'égalité ori-
» ginelle ; la renonciation que le riche
» a faite à ſes prérogatives, n'a été qu'ap-
» parente. Il a donc fallu que les choſes
» reſtaſſent, au nom près, dans le même
» état. Il a toujours fallu que la plus gran-
» de partie des hommes continuât de
» vivre à la ſolde, & dans la dépendan-
» ce de la plus petite, qui s'eſt appro-
» prié tous les biens. La ſervitude s'eſt

» donc

» donc perpétuée fur la terre, mais fous
» un nom plus doux. Elle s'eft décorée
» parmi nous du titre de *domefticité*.
» C'eft un mot qui fonne plus agréable-
» ment à l'oreille; il préfente à l'imagi-
» nation une idée moins affligeante, &
» il ne fignifie cependant à le bien exa-
» miner qu'une infulte plus cruelle faite
» à l'humanité.

  » Par le mot de *domefticité*, je n'en-
» tends pas l'état de ces fainéans fortu-
» nés que la pareffe dévoue à un efcla-
» vage volontaire, qui trouvent dans leur
» bonne mine un patrimoine affuré, &
» que le luxe paie fi chérement pour
» ne rien faire. Ils s'engraiffent de fes
» vices. Sa vanité les habille avec magni-
» ficence: fa profufion les nourrit avec
» délicateffe; fon amour pour le fafte les
» affocie à une partie de fes plaifirs.
» Tout ce qu'il exige d'eux c'eft que
» leur oifiveté ferve de décoration à la
» fienne, & le befoin qu'il croit en
» avoir les fouftrait à toutes les inquié-
» tudes qu'il éprouve lui-même. Ces
» domeftiques-là font heureux fans
» doute, au moins jufqu'à ce que la
» vieilleffe vienne leur enlever ces agré-
» mens extérieurs qui leur ont procuré
» une vie fi douce.

I 6   » Mais

» Mais les Villes & les Campagnes
» font peuplées d'une autre efpece de
» domeftiques plus répandus, plus utiles,
» plus laborieux, & connus fous le nom
» de *journaliers*, *manouvriers*, &c. Ils ne
» font point deshonorés par les couleurs
» brillantes du luxe : ils gémiffent fous
» les haillons dégoûtans qui font la li-
» vrée de l'indigence. Ils n'ont jamais
» de part à l'abondance dont leur travail
» eft la fource. La richeffe femble leur
» faire grace, quand elle veut bien agréer
» les préfens qu'ils lui font. C'eft à eux
» d'être reconnoiffans des fervices qu'ils
» lui rendent. Elle leur prodigue le mé-
» pris le plus outrageant dans le tems où
» ils embraffent fes genoux pour obtenir
» la permiffion de lui être utiles. Elle fe
» fait prier pour l'accorder, & dans cet
» échange fingulier d'une prodigalité
» réelle contre une bienfaifance imagi-
» naire, la fierté, le dédain font du côté
» de celui qui reçoit, & la baffeffe, l'in-
» quiétude, l'empreffement du côté de
» celui qui donne. Ce font là les do-
» meftiques qui ont vraiment remplacé
» les ferfs parmi nous : c'eft fans contre-
» dit une très-nombreufe, & la plus nom-
» breufe portion de chaque Nation. Il
» s'agit d'examiner quel eft le gain effec-
» tif

» tif que lui a procuré la suppreſſion de
» l'eſclavage.

» Je le dis avec autant de douleur que
» de franchiſe : tout ce qu'ils y ont ga-
» gné, c'eſt d'être à chaque inſtant tour-
» mentés par la crainte de mourir de
» faim, malheur dont étoient du moins
» exempts leurs prédéceſſeurs dans ce
» dernier rang de l'humanité. Ils ſont
» expoſés à tous les mauvais traitemens
» attachés à l'eſclavage, & ils n'ont pas
» même la certitude de la vie qui en
» faiſoit la compenſation. L'eſclave étoit
» nourri, lors même qu'il ne travailloit
» pas, comme nos chevaux ont du foin
» les jours de fête. L'eſpérance du ſervice
» qu'on en tireroit dans les tems d'occu-
» pation, lui faiſoit aſſurer des alimens
» dans le tems même du repos. L'avarice
» éclairée du maître ſacrifioit le préſent
» à l'avenir : elle comptoit bien ſe dé-
» dommager par les efforts d'une activité
» laborieuſe, des ſecours intéreſſés qu'elle
» accordoit à une inaction paſſagere, &
» la néceſſité d'entretenir des forces qui
» lui appartenoient, l'empêchoit de re-
» gretter ce qu'il lui en coûtoit pour en
» prévenir la perte.

» Mais le manouvrier libre qui eſt ſou-
» vent mal payé lorſqu'il travaille, que
» devient-

» devient-il lorfqu'il ne travaille pas?
» qui eft-ce qui s'inquiéte de fon fort?
» À qui en coûte-t-il quelque chofe,
» quand il vient à périr de langueur &
» de mifere? qui eft-ce qui eft par confé-
» quent intéreffé à l'empêcher de périr?
» Il eft libre, dites-vous! Eh! voilà
» fon malheur. Il ne tient à perfonne:
» mais auffi perfonne ne tient à lui.
» Quand on en a befoin, on le loue au
» meilleur marché que l'on peut. La
» foible folde qu'on lui promet, égale à
» peine le prix de fa fubfiftance pour
» la journée qu'il fournit en échange.
» On lui donne des furveillans pour
» l'obliger à remplir promptement fa
» tâche; on le preffe; on l'aiguillonne de
» peur qu'une pareffe induftrieufe & ex-
» cufable ne lui faffe cacher la moitié de
» fa vigueur; on craint que l'efpoir de
» refter plus long-tems occupé au même
» ouvrage n'arrête fes bras, & n'é-
» mouffe fes outils. L'économie for-
» dide qui le fuit des yeux avec inquié-
» tude, l'accable de reproches au moin-
» dre relâche qu'il paroît fe donner, &
» s'il prend un inftant de repos, elle
» prétend qu'il la vole. A-t-il fini, on
» le renvoie comme on l'a pris, avec
» la plus froide indifférence, & fans
» s'em-

» s'embarrasser si les vingt ou trente sols
» qu'il vient de gagner par une journée
» pénible, suffiront à sa subsistance, en
» cas qu'il ne trouve pas à travailler le
» jour d'après.

» Il est libre! C'est précisément de
» quoi je le plains. On l'en ménage
» beaucoup moins dans les travaux aux-
» quels on l'applique. On en est plus har-
» di à prodiguer sa vie. L'esclave étoit
» précieux à son maître en raison de l'ar-
» gent qu'il lui avoit coûté. Mais le
» manouvrier ne coûte rien au riche vo-
» luptueux qui l'occupe. Du tems de la
» servitude le sang des hommes avoit
» quelque prix. Ils valoient du moins
» la somme qu'on les vendoit au marché.
» Depuis qu'on ne les vend plus, ils
» n'ont réellement aucune valeur intrin-
» sèque. Dans une armée on estime bien
» moins un pionnier, qu'un cheval de
» caisson; parce que le cheval est fort
» cher, & qu'on a le pionnier pour rien.
» La suppression de l'esclavage a fait
» passer ce calcul de la guerre dans la vie
» commune; & depuis cette époque il n'y
» a point de Bourgeois à son aise qui ne
» suppute en ce genre comme le font les
» Héros.

» Les Journaliers naissent, croissent

» &

» & s'élevent pour le fervice de l'opu-
» lence, fans lui caufer les moindres
» frais, comme le gibier qu'elle maffa-
» cre fur fes domaines. Il femble qu'elle
» ait réellement le fecret dont fe vantoit
» fans raifon le malheureux Pompée. En
» frappant du pied la terre, elle en fait
» fortir des légions d'hommes laborieux
» qui fe difputent l'honneur d'être à fes
» ordres : en difparoit-il quelqu'un par-
» mi cette foule de mercénaires qui éle-
» vent fes bâtimens, ou alignent fes jar-
» dins? La place qu'il a laiffée vacante,eft
» un point invifible, qui eft fur le champ
» recouvert fans que perfonne s'en mê-
» le. On perd fans regret une goutte
» de l'eau d'une grande riviere, parce
» qu'il en furvient fans ceffe de nou-
» veaux flots. Il en eft de même des ma-
» nouvriers; la facilité de les remplacer
» nourrit l'infenfibilité du riche à leur
» égard. Il les voit s'évanouir fans in-
» quiétude. Il ne s'apperçoit même ja-
» mais qu'il manque perfonne de cette
» canaille que fon Intendant paie toutes
» les femaines, ou tous les mois. Il ne re-
» grette que fon argent qu'ils emportent;
» & quand il fe promene délicieufement
» fous fes allées, ou dans fes galeries, il
» fonge beaucoup moins fi les infortunés à
       » qui

» qui il en eſt redevable ont du pain au-
» jourd'hui, qu'à l'obligation qu'ils lui
» ont d'en avoir trouvé hier, & les jours
» précédens.

» Ils ſont libres ! mais en ſuppoſant
» que cet affranchiſſement prétendu ne
» leur coûte pas toujours la vie, il eſt
» ſûr du moins qu'il l'empoiſonne ſans
» ceſſe. Il ne rend pas ſeulement le ri-
» che dur & impitoyable pour eux, il
» leur ôte encore les occaſions de l'at-
» tendrir : il les met dans l'impoſſibilité
» de profiter de ſa compaſſion. L'eſclave
» eſt perpétuellement ſous les yeux de
» ſes maîtres. Il leur inſpire de l'affec-
» tion, ou un attachement d'habitude
» qui en tient lieu. Quand il ſouffre, ſes
» cris frappent leurs oreilles. Si ce n'eſt
» point par humanité qu'on le ſoulage,
» on le fait pour appaiſer un bruit affli-
» geant.

» Mais le Journalier, on ne le voit
» qu'en paſſant, & dès-lors on ne s'atta-
» che point à lui. Il ſouffre & meurt ſans
» bruit dans ſa chaumiere : toutes foibles
» qu'en ſont les murailles, ſes gémiſſe-
» mens ne ſauroient les percer. L'opu-
» lence a fait un gain réel en le relé-
» guant ainſi dans des ſolitudes écartées.
» Elle a diminué les occaſions d'éprou-

                                          » ver

» ver une pitié involontaire qui l'auroit
» affectée désagréablement, & qui au-
» roit souvent blessé son avarice, en lui
» arrachant par importunité des secours
» dont elle ne pourroit se promettre d'au-
» tre fruit que le plaisir de les avoir don-
» nés, c'est-à-dire, celui dont elle est le
» moins jalouse.

　　» En pesant ainsi sans préjugé toutes
» ces réflexions & beaucoup d'autres que
» l'on pourroit faire sur le même sujet,
» qui ne sent que le sort du serf étoit in-
» finiment préférable à celui de nos ma-
» nouvriers ? Ceux-ci, dit-on, n'ont
» point de maître. Mais c'est encore ici
» un pur abus du mot. Qu'est-ce à dire ?
» Ils n'ont point de maître : ils en ont
» un, & le plus terrible, le plus impé-
» rieux des maîtres : c'est le besoin. Ce-
» lui-là les asservit à la plus cruelle dé-
» pendance. Ils ne sont pas aux ordres
» d'un homme en particulier, mais à
» ceux de tous en général. Ce n'est point
» d'un seul tyran qu'ils ont à flatter les
» caprices, & à rechercher la bienveil-
» lance, ce qui borneroit la servitude,
» & la rendroit supportable. C'est de qui-
» conque a de l'argent qu'ils deviennent
» les valets, ce qui donne à leur escla-
　　　　　　　　　　　　　» vage

» vage une étendue & une rigueur in-
» définie.

» S'ils ne se trouvent pas bien d'un
» maître, dit-on, ils ont au moins la
» consolation de de lui dire, & le pou-
» voir d'en changer : les esclaves n'ont
» ni l'un ni l'autre. Ils sont donc plus
» malheureux !

» Quel sophisme ! Songez donc que
» le nombre de ceux qui font travailler
» est très-petit ; & que celui des travail-
» leurs au contraire est immense. Je veux
» croire que quand un riche aura montré
» de l'inhumanité pour ses ouvriers, ils
» le quitteront ; ils iront offrir leurs ser-
» vices à d'autres : soit : mais toutes les
» bonnes places seront bientôt prises ;
» il restera encore des mains sans em-
» ploi, & quelle ressource auront-elles,
» si ce n'est l'ouvrage du maître bar-
» bare ?

» A quoi se réduit pour eux cette li-
» berté apparente dont vous les avez in-
» vestis ? Ils ne subsistent que du loyer
» de leurs bras. Il faut donc trouver à qui
» les louer, ou mourir de faim. Est-ce-là
» être libre ? Il faut prier, supplier pour
» obtenir de l'emploi ; & vous nommez
» indépendans ceux qui ne vivent que de
                                    » cette

» cette baſſeſſe : c'eſt des plaiſirs du luxe
» que dépend leur exiſtence. Si le Finan-
» cier, qui a acheté le titre ſuperbe de
» Seigneur de leur village, n'a rien à
» faire à ſes jardins, ils périront de froid
» & d'inanition pendant l'hiver. Si le
» Bourgeois, qui s'approprie tout le ſuc
» de cette terre qu'ils remuent, & qu'ils
» arroſent de leurs ſueurs, ne donne pas
» d'ordres pour ravaler ſa vigne, ou fu-
» mer ſes champs, comment paieront-
» ils leurs tailles ? comment ſatisferont-
» ils ces harpies dévorantes qui accou-
» rent au moindre délai, armés d'un
» nom ſacré, & enlevent de leurs caba-
» nes juſqu'aux cendres du miſérable
» foyer qui les éclaire & les échauffe à la
» fois ?

» Vous placez au nombre de leurs
» avantages le bonheur de ne point ap-
» partenir préciſément à tel ou tel maî-
» tre. Voyez donc la différence énorme
» qui eſt entre ces meſſieurs qui ſervent
» à table dans le château, & cette troupe
» de malheureux qui en curent les foſſés.
» Voyez avec quelle gaieté, quelle in-
» ſolence les premiers s'acquittent de
» leur flétriſſant miniſtere. Paroiſſent-ils
» dans les cours en bas de ſoie blancs,
» voyez avec quelle ſoumiſſion, quel

» anéan-

» anéantissement ils envisagent ces ou-
» vriers utiles , à demi-ensevelis dans la
» boue , & suffoqués par des vapeurs in-
» fectes dont ils bravent la malignité ,
» pour rapporter le soir un peu de pain
» à leur famille. Appellez - vous *liberté*
» un état qui les met au dessous de la plus
» humiliante servitude ? »

On voit tout ce qu'ont d'abominable
de pareilles réflexions. Les *Lettres sur la
Théorie*, la *Réponse aux Docteurs Modernes*, contiennent de nouveaux détails qui
confirment ces raisonnemens inhumains:
il en résulte que M. *Linguet* est un mon-
stre furieux, un de ces génies malfaisans
produits pour le malheur de ses pareils ;
convaincu sur-tout de haïr l'humanité ;
désirant, comme *Caligula*, qu'il a com-
blé d'éloges, que le genre humain n'eût
qu'une tête, pour l'abattre d'un seul coup ;
au lieu que M. l'A. M. d'après tout ce
qu'on a vu, est un Philosophe bienfai-
sant, sage, profond dans la discussion,
méthodique dans le raisonnement, &
sur-tout exact, ce qui n'

(19) *Cet excellent Résumé*. Il contient
cinquante-cinq mots, dont quarante seulement sont de M. *Linguet*, les quinze
autres ayant été ajoutés par M. l'A. M.

Voilà

Voilà donc à quoi se réduisent sous la main fondante de cet Alchymiste Litté-raire, les sept pages du premier Chapitre de la *Théorie des Loix*; & c'est ainsi qu'on se permet publiquement de traiter un Ecrivain ? Et cette méthode a des Ap-probateurs ?

Au reste, on ne doit pas être étonné de trouver ici le calcul des noms qu'il a plu à M. l'A. M. de conserver. Cet *Au-teur*, & celui des *Éphémérides*, se sont bien amusés à compter le nombre des *Métaphores* & des *Comparaisons*; qui, suivant eux, se trouvent dans les deux volumes de la *Théorie des Loix*; ils en comptent quatre-mille & plus. Pour leur répondre sur le même ton, nous leur ob-serverons que les deux volumes de la *Théorie des Loix*, ne forment que mille huit pages. S'il y a plus de quatre-mille Comparaisons, il faut qu'il y en ait plus de quatre par page; pour peu que cha-cune eût quatre lignes, il s'ensuivroit que la moitié juste de cet Ouvrage rare, est en *Comparaisons*; ce qui ne laisseroit pas beaucoup de place aux prétendues décla-mations contre *les Loix*, contre *les Gou-vernemens*, contre *les Philosophes*, &c. &c. &c.

(20) *Elle est décisive.* Il y a peu de pa-ges

ges de la *Théorie du Paradoxe* où elle
ne soit employée. Page 45 , il cite les
pages 47, 52 & 53 des *Lettres sur la Théo-*
rie : or il n'y a pas un mot de ce qu'il cite à
la page 47. Pourquoi cette erreur , si elle
n'est pas réfléchie ? On peut se mépren-
dre sur un chiffre qu'on écrit : mais on
n'en écrit pas par mégarde deux , dont on
n'a que faire , sur-tout quand on critique.

Page 46 , il cite la *Théorie des Loix* ,
tom. IV, *pag.* 219. Mais la Théorie des
Loix n'a que deux Volumes , & on ne
trouve à la page 219 du second , que la
moitié du passage que l'Auteur du *Para-*
doxe y suppose.

Page 61 , il prétend que M. Linguet a
dit que *le pain étoit le besoin des êtres qui*
s'enorgueillissent de porter des chapeaux.
Il met cette citation en lettres italiques ;
il cite la page 168 de la *Réponse aux*
Docteurs Modernes , & il n'y a pas un
mot, pas un seul mot de tout cela , pas
une syllabe, dans cet Ouvrage. C'est dans
les *Lettres sur la Théorie des Loix* , page
92, que se trouve cette expression , & on
supplie le Lecteur de vérifier le passage.
On verra s'il a à cet endroit, l'air burlesque
qu'il reçoit du paradoxal M. l'A. M. Ce-
lui-

lui-ci avoit ſes raiſons pour le ſuppoſer dans la *Réponſe aux Docteurs*.

(21) *De les apprécier.* N'eſt-il pas étrange, n'eſt-il pas révoltant, que la *Réponſe aux Docteurs Modernes* ſoit citée à chaque page dans la *Théorie du Paradoxe*, & que cependant tous les reproches que M. *Linguet* a diſcutés & détruits victorieuſement dans *cette Réponſe*, ſe retrouvent dans cette *Théorie*, comme ſi jamais M. *Linguet* n'en avoit dit un mot ; qu'on y voye reparoître, & la platitude du *Pauxis*, & la mépriſe très-juſtifiée du *Vaux-Hall*, & la faute d'impreſſion qui place la *Tamiſe à Douvres*, & toutes les petites imputations accumulées ici par M. l'A. M. pour ſéduire encore une fois les petits eſprits, qui n'examinent, qui ne comparent rien.

Liſez la page 108 de la *Rép. aux Doct. Modern.* première partie ; vous y trouverez qu'à la vérité M. *Linguet* n'a pas eu aſſez de ſagacité pour décompoſer le mot *Vaux-Hall*, & qu'il l'a cru tout-à-fait *Anglais*, tandis que la première partie eſt *Françaiſe*. C'eſt une erreur, il l'avoue ; mais vous y lirez auſſi que M. *Dup....* en parlant de ce mot fatal, a pris un *homme* pour une *bougie*. Laquelle des deux mépriſes

prifes eft la plus forte? L'une & l'autre
affurément eft fans conféquence : mais
quel méprifable acharnement que celui
d'un Écrivain qui facrifie fon temps &
proftitue fa plume a de femblables recherches !

On le répéte, de tous les reproches
réveillés dans la *Théorie du Paradoxe*, il
n'y en a pas un qui ne foit détruit dans les
ouvrages de M. *Linguet* & par fes ouvrages mêmes. Ce n'eft que par une perfidie
infidieufe qu'on ofe les retracer en fup-
primant les réponfes, & en leur donnant
un nouveau jour par la contradiction apparente dans laquelle on fuppofe que
l'auteur eft tombé. Il n'y a pas d'art plus
criminel que celui qu'a employé M. l'A.
M. pour rendre probable cette contradiction. En voici quelques exemples.

Dans le *Journal Politique*, M. *Linguet*
a parlé de la *légiflation en GÉNÉRAL*,
fur le ton que mérite ce gage du repos
des hommes réunis en fociété : il a prouvé
combien elle devoit être abfolue, tran-
chante : il a démontré que les Légiflateurs
devoient être des *Dieux*, & leurs déci-
fions des *Oracles*. Que fait M. l'A. M. ?
Il met en oppofition à ce paffage du *Journal de Politique*, tronqué à fon ordinaire,
un paffage auffi artiftement mutilé des

Lettres

Lettres fur la Théorie, où M. *Linguet* obferve que notre *légiſlation PARTICULIERE* eſt remplie *d'abus barbares* ; c'eſt aux pages 122 & 123, de la *Théorie du Paradoxe*, que fe trouve ce modele d'exactitude & d'honnêteté.

M. *Linguet*, dans les *canaux navigables* a obſervé en *général*, ce qui eſt très-vrai, que le rehauſſement du pain force enfin l'augmentation des falaires : mais il n'a pas fixé le temps de cette compenfation ; parce que dans cet ouvrage il n'avoit à pofer que le principe, fans être obligé de fe livrer aux détails. Dans la *Réponſe aux Docteurs Modernes*, il a affirmé, ce qui eſt très-vrai encore, que depuis quinze ans la journée des manœuvres n'eſt pas augmentée : il a fait plus, il en a donné la raifon *. Il a obſervé que cette augmentation ne pouvoit être que le fruit du temps : il a obſervé que dans l'intervalle le peuple, les manœuvres fouffroient exceſſivement. Il a, dans le *Journal de Politique*, rappellé en deux mots la même idée. Il n'y a certainement-là rien de contradictoire,

---

* Voyez la troiſième partie de la Réponſe aux Docteurs Modernes, où plutôt le Manuſcrit que M. l'A. M. a dans fa poche.

Que

Que fait l'honnête M. l'A. M. à sa page 114? Il assure en propres termes, que M. *Linguet* a dit *que les salaires haussent, & que les salaires ne haussent pas.* Pour le prouver il arrange ses citations de maniere que dans les *canaux navigables* M. *Linguet* paroisse avoir soutenu que les journées devoient augmenter *sur le champ*, en raison de l'augmentation du pain; & dans la *Réponse aux Docteurs Modernes*, dans le *Journal Politique*, que les journées n'augmentoient *jamais*, qu'elles ne pouvoient *jamais* augmenter : ce qu'il falloit démontrer.

M. Linguet en examinant si l'agriculture étoit en effet une ressource aussi nécessaire aux hommes qu'on le croit, a observé que la pêche offroit une subsistance plus abondante, plus assurée : en parlant des efforts du Gouvernement pour maîtriser la cherté des grains, & des sacrifices qu'il fait pour en fournir le marché à un prix dont le riche avare profite, autant que l'indigent exténué par la faim, il s'est échappé à dire que des distributions de poissons, dans ce cas là, si la pêche étoit animée, cultivée, comme elle pourroit l'être, donneroient un soulagement dont le peuple seul profite-

K 2   roit,

roit, & il en a dit la raison. M. l'A. M.
page 66, affure que M. Linguet *pour en-
gager les Européens à renoncer au pain,
leur a proposé de vivre de poiffon, comme
les SAMOYEDES, les GROENLANDOIS,
les KAMSCHADALES :* il compile & con-
tourne des paffages dont il réfulte, après
l'opération, que le plan de M. *Linguet*
eft de ramener l'*Europe* au genre de vie
des habitans de la terre de Feu, de la
nouvelle Zélande : & à ce propos vient
le badinage le plus léger, fur le rap-
port qu'il peut y avoir entre *Triptoleme*
qui a fubftitué le pain au gland, & M.
Linguet qui propofe de remplacer le pain
par le poiffon.

Dans les *Révol. de l'Empire* M. *Linguet*
parle de l'influence qu'eût fur l'état des
Romains, le paffage de la *République* à
la *Monarchie,* de la pofition finguliere
où fe trouva ce peuple *Roi* avec un maître, fans frein, qui ne prenoit qu'un
titre modefte, & un *Sénat* impuiffant
que ce nom, unique refte de fon ancienne grandeur, rendoit infiniment fufpect
& odieux aux Empereurs ; il obferve
que la baffeffe des Sénateurs motivée par
la crainte, ne laiffa aux peuples aucune
reffource contre le *Defpotifme,* c'eft-à-
dire, contre la corruption des principes,
                                    contre

contre *l'Anarchie*, ou l'abus des loix, l'oubli des régles, la certitude de l'impunité, pour les hommes puiffans, fit bientôt tomber le gouvernement ; il s'eft fervi du mot *corps intermédiaire* pour défigner cet appui, cette reffource, cette barriere dont les peuples fe trouverent dépourvus à Rome au premier fiécle de notre ère.

Cinq ans après dans la *Réponfe aux Docteurs Modernes*, M. *Linguet* forcé de juftifier ce qu'il avoit dit en 1767, dans la *Théorie des Loix*, fur le danger des combats entre le trône & les fujets, a parlé de la conftitution de *l'Angleterre*, des compagnies qui prétendent avoir le droit d'y enchaîner l'autorité Royale, & qui en ufent ; il a examiné fi le bonheur des peuples étoit en effet leur objet, fi c'étoient en effet leurs plaintes qu'elles portoient au trône, & pour défigner les compagnies il s'eft fervi du même mot de *corps intermédiaires*, confacré par M. de M. & tous les publiciftes ; mais il a eu foin, grand foin d'obferver que c'eft DE L'ANGLETERRE * qu'il parle.

---

* Lecteur, obfervez bien, je vous fupplie, obfervez qu'à la page 257, de la *Réponfe aux Docteurs Modernes*, M. Linguet a déclaré qu'il parloit de *l'Angleterre* ; & que M. FA. M. en citant page 119 *de la Théorie du Paradoxe*,

Que

Que fait le fcrupuleux M. l'A. M. il
annonce que M. *Linguet* s'eft permis la
plus criminelle contradiction, au fujet
des *corps intermédiaires*; qu'en 1766, *les
époques*, obferve-t-il, *font importantes à
remarquer*, il les a loués, & qu'en 1770
& 1771, il les a dénigrés : & pour le
prouver il cite un morceau informe des
Révol. de l'Emp. Rom. & un autre morceau non moins défiguré de la *Réponfe
aux Docteurs Modernes* ; il a fur-tout
l'attention honnête de fupprimer le mot
D'ANGLETERRE, afin d'infinuer que la
fatyre des *corps intermédiaires* n'a été
faite par M. *Linguet* qu'à l'époque précife
où les *Parlemens* en *France*, paroiffoient
écrafés, au lieu qu'il avoit rendu hom-
mage à ce mot dans le temps où les
Compagnies à qui on peut l'appliquer ici
étoient *floriffantes & refpectées*.

Il n'a eu garde d'obferver qu'en ce
même-temps, en 1767, M. *Linguet* avoit
déja pofé dans la *Théorie des Loix* ces
mêmes principes, dont la *Réponfe aux
Docteurs Modernes* n'eft que le dévelo-
pement : il falloit le faire paroître cou-

---

cette même page 257 & la fuivante, en a retranché le
mot *d'Angleterre*, & que c'eft à la faveur de cette
fouftraction qu'il y trouve le portrait de la France ; &
jugez M. l'A. M. & fes complices.

pable,

pable, d'une contradiction tout à la fois
ridicule & odieuse, baſſe & criminelle,
c'eſt ce qui réſulte de l'analyſe de M.
l'A. M.

S'il y avoit en France un Tribunal où
on pût ſe pourvoir contre un Critique
qui viole auſſi ouvertement les loix de
la décence, de l'honnêteté, de la juſtice,
à quelles peines y ſeroit condamné M.
l'A. M.? C'eſt un problême qu'on laiſſe
à réſoudre aux ames vertueuſes.

(22) *Pour le guérir.* Qu'il ſoit permis de
citer à ce ſujet un paſſage bien remarqua-
ble, tiré du *Diſcours deſtiné à être prononcé
dans l'Aſſemblée des Avocats, du 3 Février.* L'Auteur ſe plaint de la facilité avec
laquelle la *diffamation* ſe répand & s'ac-
crédite. « La diffamation, dit-il, eſt au mo-
» ral, ce qu'eſt l'empoiſonnement au phy-
» ſique : c'eſt la reſſource des lâches. C'eſt
» un genre d'attaque contre lequel il eſt
» impoſſible de ſe défendre ; & comme
» il eſt mille fois plus aiſé de répandre,
» d'accréditer un propos qui tue l'hon-
» neur d'un Citoyen, que de faire paſſer
» dans ſon corps une compoſition mor-
» telle, les peines deſtinées à ces deux
» eſpeces de meurtriers, devroient être
» proportionnées à la facilité qu'ils trou-

» vent à commettre leurs attentats, à la
» difficulté de s'en garantir.

» Ce principe eſt d'autant plus vrai,
» qu'il y a des remedes contre le poiſon,
» & qu'il n'y en a pas contre la calom-
» nie ; que ſi l'on a une fois échappé au
» premier, on n'en redoute plus rien :
» au lieu que le venin verbal de l'autre
» prend des forces en raiſon de la réſiſ-
» tance qu'on y apporte. Le breuvage fu-
» neſte ne peut être verſé que par une
» ſeule main, par une main que le re-
» mords peut arrêter, par une main que
» la crainte du ſupplice au moins peut
» ébranler, par une main déjà corrom-
» pue, & parvenue à ce degré d'endur-
» ciſſement bien rare qui familiariſe avec
» le crime ; au lieu que la diffamation
» paroît être un des jeux de la ſociété,
» une de ſes reſſources contre l'ennui.
» C'eſt gaiement, à table, dans les cer-
» cles que l'on égorge un Citoyen, qu'on
» le dévoue à l'horreur, à la malédiction
» publique. Ce ſont de beaux Eſprits, de
» jolies Femmes, des Hommes réputés
» plaiſans qui le diſſequent & l'anathé-
» matiſent.

» Comme il n'eſt pas-là pour ſe défen-
» dre, parce que s'il y étoit, on ſe tai-
» roit, & que dans ces converſations lé-
» geres,

» gerès, tout ce qui n'eſt pas contredit
» paſſe pour inconteſtable; bientôt l'im-
» poſture la plus révoltante, acquiert la
» force de la vérité : on n'examine pas ſi
» la choſe eſt vraie ; on ſe ſouvient ſeu-
» lement qu'on l'a entendue , & on la
» répete à des auditeurs pourvus d'une ſé-
» curité auſſi crédule : bientôt un cri uni-
» verſel s'éleve qui prononce la condam-
» nation de l'infortuné , que perſonne ne
» connoît ; on ſe trouve enfin au point où
» la vertu elle-même ſe croit obligée d'y
» ſouſcrire. Les hommes qui la jouent le
» proſcrivent, pour faire croire qu'ils ne
» lui reſſemblent pas ; & ceux qui la pra-
» tiquent, pour purger la Société d'un
» Membre qu'ils croient , d'après des
» préjugés injuſtes, propre à la desho-
» norer ».

Ajoutons ici la ſuite de ce morceau ,
par laquelle nous terminerons ces Notes.
C'eſt M. *Linguet* qui parle lui-même.

« Depuis dix ans, depuis que mon
» malheur m'a jetté dans une carriere où
» j'ai mes rivaux pour Juges, je ſuis
» l'objet d'une diffamation qui n'a pas
» d'exemple, par ſa continuité, par ſon
» acharnement, & ſur-tout par ſon in-
» juſtice. La licence en ce genre eſt
» pouſſée

226

» pouffée à un point vraiment effrayant.
» La poftérité ne croira pas qu'un Par-
» ticulier retiré, fans prétention dans
» aucun genre, qui n'a jamais rien dif-
» puté à perfonne dans la carriere de
» l'ambition, de la gloire, de la fortu-
» ne, qui s'eft borné à rendre des fervi-
» ces utiles, à foutenir loyalement de-
» vant les Tribunaux les droits de l'in-
» nocence, ait pu exciter un déchaîne-
» ment auffi implacable.

» Elle croira encore moins qu'une af-
» fociation fondée fur l'honneur, dont
» les Membres fe définiffent eux-mêmes
» *des Hommes de bien exercés à parler*,
» s'opiniâtrent à exiger la mort d'un
» Confrere, à qui ils ne peuvent faire
» aucune efpece de reproche fondé, &
» qui ne defire que la confervation d'une
» faculté qu'il a reçue des Loix.

» Pour motiver leur inconcevable ob-
» ftination, ils fe permettent des hor-
» reurs dont les ennemis les moins dé-
» licats frémiroient dans toute autre So-
» ciété. Des productions étrangeres à ma
» Profeffion, ma conduite privée, mes
» mœurs, ma perfonne, font foumifes
» à leurs recherches & à leur fatyre.
» Mes liaifons particulieres, mes dé-
» mêlés intérieurs, mes lettres qu'on n'a
» pas

» pas vues, leur fourniſſent des griefs.
» Le ſecret de mon cœur eſt, non pas
» révélé, mais interprêté.

» Enfin, on va fouiller juſque dans
» mon enfance : on y ſuppoſe des faits
» abſurdes, qui ſeroient ſans conſéquen-
» ce, quand ils ſeroient vrais, qui en
» dévoueroient les inventeurs à toute la
» ſévérité des Loix, ſi leur coupable
» hardieſſe étoit conſtatée. On les dé-
» bite, on les adopte dans l'obſcurité :
» au lieu de porter les yeux ſur la par-
» tie de ma vie, qui eſt connue & con-
» ſtamment irrépréhenſible, on les fixe
» avec complaiſance ſur l'eſpece d'*inco-*
» *gnito* qui enveloppe ma jeuneſſe,
» comme celle de tous les hommes,
» que de grands noms, de grandes places,
» ou des talens prématurés n'indiquent
» pas de bonne heure au Public : l'art des
» Charlatans qui me pourſuivent y fait
» apparoître des fantômes auxquels une
» crédulité intéreſſée ſuppoſe une exiſ-
» tence certaine.

» Et quoi qu'à l'inſtant même où l'on
» y porte la main, ils s'évanouiſſent,
» quoiqu'il ſoit impoſſible d'en conſta-
» ter, je ne dis pas la réalité, mais même
» le ſoupçon ; quoiqu'il ne ſoit pas aiſé
» de préſumer qu'un homme né avec le
» goût

» goût du travail, & perpétuellement
» occupé, ait eu celui des vices que
» donne l'oisiveté ; quoique des baffef-
» fes deshonorantes duffent paroître in-
» compatibles avec cette ame fiere, in-
» flexible, qu'on me reproche ; quoi-
» que de tous les êtres humains qui
» ont eu des liaifons de quelque genre
» qu'elles puiffent être, avec moi, il n'y
» en ait pas un, pas un feul qui fe pré-
» fente pour m'accufer, & qu'on en
» trouve mille qui dépofent en faveur
» de mes mœurs, de ma conduite, de
» l'efpece de fimplicité dont je ne rou-
» gis pas, & qui me rend auffi inca-
» pable de nuire que de tromper ; ce-
» pendant mes détracteurs n'en font
» ni moins audacieux ni moins ac-
» cueillis » &c. *

F I N.

---

* *Voyez* Difcours deftiné à être prononcé dans
l'Affemblée des Avocats, le 3 Février 1775 ; pages 29
& fuivantes.

www.ingramcontent.com/pod-product-compliance
Lightning Source LLC
Chambersburg PA
CBHW061501030726
47503CB00005B/1765